EL CURSO EN QUE ME ENAMORÉ DE TI

NAUTILUS

EL CURSO EN QUE ME ENAMORÉ DE TI

Blanca Álvarez

PLANETA & OXFORD

Avda. Diagonal, 662-664, 08034 Barcelona

Parque Empresarial San Fernando. Ed. Atenas. 28830 Madrid
Oxford es una marca registrada de Oxford University Press

Ilustración de cubierta: David Aja

Primera edición: marzo 2004
Segunda impresión: octubre 2004
Tercera impresión: abril 2005
Cuarta impresión: setiembre 2005
Quinta impresión: octubre 2005
Sexta impresión: diciembre 2005
ISBN-13: 978-84-96336-26-1
ISBN-10: 84-96336-26-3
Depósito legal: M. 48.508-2005
Impreso por Lavel Industria Gráfica
Impreso en España – Printed in Spain

FICHA BIBLIOGRÁFICA

ÁLVAREZ, Blanca
El curso en que me enamoré de ti, Blanca Álvarez – 6ª impresión –
Barcelona: Planeta & Oxford, 2005
Encuadernación: rústica ; 160 págs. 13 × 19,5 cm – (Nautilus. Serie verde ; 3. A partir de 12 años)
ISBN-13: 978-84-96336-26-1
ISBN-10: 84-96336-26-3
087.5: Literatura infantil y juvenil
821.134.2-3: Literatura española. Novela
Tratamiento: realismo. Tema: realidad social y derechos humanos

EL PÓSTER DE PFEIFFER

Carlos miró su habitación sin atreverse a entrar. Le pareció verla por primera vez. Fue como si no se reconociera entre los objetos que habían compartido sus horas de tantos años, como sentir de golpe la certeza de haberse mutado en un extraño.

Temió regresar a la pesadilla que consumió sus noches durante meses, retornar a la vieja agonía de adentrarse en un mar de plata vieja adonde lo arrastraban sus pies mientras intentaba pronunciar un nombre y su boca se llenaba de plomo y el rostro de Marga se iba borrando entre la bruma.

Había decidido hacer limpieza. El nuevo ordenador regalo de sus padres por cruzar la frontera de tercero de Periodismo y su promesa no dicha de airear su vida, fueron la excusa para encerrarse aquel sábado de agosto y liquidar trastos inservibles, esos que llevaban cuatro años almacenados en cajas.

—Se acabaron los recuerdos.

Lo dijo en voz alta para darse ánimos y comenzar a desembalar. El póster apareció con el sobresalto de aquello condenado a desaparecer y, por tanto, al olvido. Carlos lo examinó como si fuera la encarnación de una complicada fórmula de fusión nuclear. Siempre estuvo convencido de que el azar no era ni casual ni caprichoso.

—¡Pfeiffer! —susurró reconociendo en ella el rostro de su primer amor.

Alguien dijo que el aleteo de una mariposa en China acababa con un tornado en México. Incluso había visto una película, *El efecto mariposa*, que dejaba dudas sobre si las alas eran de acero o de frágil materia convertible en polvo.

La vida era una pura y complicada fórmula matemática, aunque sin aclarar quién había diseñado ese proceso y, sobre todo, si era posible modificarla con la simple voluntad. Tal vez fuera mejor creer que todo estaba escrito, como aseguran las modernas brujas lectoras de futuros a 60 euros por sesión; con todo decidido de antemano podía sentirse menos culpable por no haber intervenido en el aleteo de la invisible mariposa que zarandeó sus vidas aquel curso.

—El curso en que me enamoré de ti.

No encontró fuerzas para nombrarla. Aún le dolía demasiado el recuerdo de su sonrisa. También de su mirada de desprecio. Marga, retumbó el silencio.

El rostro de Michelle Pfeiffer estaba cuarteado por las arrugas de su encierro y el peso de todos los inservibles recuerdos que cayeron sobre él como si trataran de ocultarlo para siempre. Pese a todo, seguía siendo el hermoso rostro de la chica que Carlos, que todos, habían amado aquel curso del 2000, el curso en que batieron el récord de ver más veces la misma película, como aquella de *Mentes peligrosas*, en la que la rubia angelical de extraña boca y ojos de cielo, parecía tan delgada como un suspiro. O *El regreso de Batman*, tantas veces alquilada en el videoclub que se la dejaban a precio de saldo. Sobre todo ésas, como si después, Pfeiffer hubiera perdido cierto aire de adolescente desvalida.

Lo que no sospecharon entonces, ni Carlos ni sus amigos, ni los compañeros de colegio, era que aquél sería el curso capaz de marcar sus vidas y dividirlas en un antes y un después.

«Pura fórmula desconocida», pensó, sentándose sobre la alfombra y dándose un respiro antes de convertir su habitación de adolescente en la de un joven que pronto sería licenciado en Periodismo. «Menuda locura de profesión, Charly», solía repetir su padre. También esos estudios habían sido decididos aquel curso: quería aprender a mirar el mundo, no volver a sentirse asaltado por una realidad que lo desbordaba.

—Cambio de milenio, revolcón de hormonas... ¡Menudo curso!

Ya no le dolía con la misma intensidad, incluso podía notar cierta nostalgia por aquellos días.

—Tienes para rato, hermanito. Es increíble la cantidad de cosas inútiles que se van almacenando con los años.

Bea, la hermana pequeña, se había convertido en una joven del mismo corte que sus compañeras del curso del 2000. También aquél fue el año en que la descubrió como hermana y no como a una pequeña chinche molesta.

—No se te ve muy dispuesta a echar una mano.

—¡Ni lo sueñes! Además, hay cosas que es necesario tragarlas en solitario, por lo que pudieras encontrar —añadió Beatriz guiñando un ojo.

—¡Menudo cuento!

Sin embargo, prefería hacer limpieza sin testigos de sus posibles secretos. Había entrado en la leonera decidido a expurgar sus últimas espinillas morales, dejar un hueco al ordenador regalado por sus padres, y tirar a la basura todo el pasado comprimido en su vieja afición a las motos.

Cuando su hermana cerró la puerta, pasó las yemas de los dedos por la imagen de papel desteñido. Durante años se había olvidado de Michelle Pfeiffer.

Había borrado los duros meses de aquel invierno, el curso del primer amor, de la amistad, de las películas de la rubia con piernas arqueadas y maravillosas... Sobre todo, el curso en que ellos, los dulces chicos de la urbanización, descubrieron que la vida tenía otras caras, que habitaba muy cerca de su tranquilidad la zozobra, el miedo y el odio. Que la vida tenía olores desagradables y reales. La vida, aquel año, dejó de ser una fotografía, la noticia del horror que sucede en otra parte, para hacerse carne y adquirir olor, un tufo demasiado fuerte para sus pituitarias de niños bien cuidados, alimentados y protegidos.

—El curso en que vivimos sin conocer el guión —dijo en voz alta para ser su propio confidente.

Ahora, todo parecía lejanísimo, algo ocurrido cientos de años atrás y los protagonistas, la feliz y despreocupada pandilla, unos extraños unidos por un parentesco remoto.

¿Cómo había empezado todo? Carlos decidió limpiar los recuerdos, airearlos, examinarlos desde la distancia de los casi cuatro años transcurridos. Recordó a su profesor más querido durante años, Mariano, profesor de matemáticas, descuidado en su atuendo, viviendo como si la mitad de su cabeza habitara en otra esfera del universo y le costara ubicarse en el mundo real con su cuerpo desgarbado. Un hombre extraño que manejaba los ordenadores como un experto y hablaba de Galileo, Paracelso, incluso Averroes, como si fueran vecinos cotidianos.

«Las ideas y las fórmulas, al igual que los recuerdos personales, conviene dejarlas en reposo, que se llenen de telarañas. Después, cuando hayamos olvidado los principios que nos llevaron a imaginarlas o concebirlas, desempolvarlas y mirarlas como si no fueran nuestras. Sólo entonces seremos capaces de valorarlas en toda su amplitud.»

Carlos recordaba cada palabra de aquel consejo repetido con tanta frecuencia que constituía uno de sus mandamientos científicos y personales. Tal vez, sin

Pfeiffer, sin Marga y sin aquella muerte, hubiera elegido la carrera de Química.

—Llegó la hora de desempolvar el curso de las pesadillas —dijo, intentando transformarse en otro.

Colocó un viejo CD de Héroes del Silencio en el compact y decidió que estaría bien perder una tarde haciendo un barrido por el pasado. Sus amigos se reían de las fidelidades musicales de Carlos: el único del curso aún convencido de que la mujer más hermosa del cine era Pfeiffer y Héroes del Silencio el mejor grupo. Bueno, admitía a Maná como herederos. Por lo demás podía pasar de Bach a Lacrimosa o Helium Vola sin inmutarse, porque «lo bueno no respeta etiquetas», repetía convencido

—Todo comenzó el día en que se estropeó la moto... Sí, fue ese día. No hubo signos especiales y nuestras mentes, que no eran peligrosas, como en la película, ni se imaginaban la que nos caería en plenos morros a la vuelta de la esquina. En la vida no te ponen música, como en el cine, para avisar.

Carlos, Daniel, Margarita y todos los amigos conocidos desde el parvulario, vivían en la urbanización de Somosaguas, donde las ardillas correteaban con relativa tranquilidad y los tres coches de los guardias de seguridad daban la sensación de que nada malo podía entrar en sus vidas. Ninguna mariposa oriental había dirigido sus aleteos contra los hermosos árboles de los cuidados jardines.

Existían normas claras: había que ir a clase, aprobar en junio, llegar a la hora convenida a casa y no abusar del teléfono. A cambio, gozaban de una paga aceptable, un horario con suficiente flexibilidad, una habitación propia y una vida en la cual el mayor problema era sacar el curso para no estropear el verano y ganarse una «charla» con unos padres convencidos de la inutilidad pedagógica de los castigos. Una ventaja para los chicos. El colegio, los padres, los vecinos, hasta los perros vacunados y limpios, conocían perfectamente su papel y lo cumplían con relativa exactitud. Las mayores broncas solían tener que ver con la larga factura del teléfono. «Te juro que voy a poner uno a tu nombre y lo pagas de tu bolsillo», amenazaba, con frecuencia y sin convicción, Sandra, la madre. Los cursos se iban salvando por los pelos, gracias a Marga y alguna que otra chuleta bien camuflada.

Todo resultaba fácil y se deslizaba sin demasiado ruido.

La máxima aspiración de Carlos, por aquellas fechas, se cifraba en lograr que su madre, porque son siempre las madres las dueñas de la última palabra, diera el sí definitivo para comprar una moto. Para Daniel, Dani *el Guapo*, conseguir una cita con Ana la chica más perseguida de segundo de BUP, casi una copia de la Pfeiffer, según algunos. La de Margarita, convencer a sus padres para que el verano siguiente optasen por Perú para sus vacaciones y poder convertir en realidad su sueño de visitar Nazca.

Por entonces, ser amigos no resultaba complicado,

bastaba con ser tolerante con las pequeñas manías del otro, prestarse dinero en momentos de crisis por reducción de paga paterna o acontecimiento no previsto, pasarse los apuntes, compartir cine y los últimos CD del grupo de moda.

—Conocíamos el guión, vaya.

Hablaba con las sombras que la tarde iba dibujando sobre las paredes, ahora desnudas de pósters, de su habitación. Pensó en llamar a Dani; después decidió que determinados viajes deben realizarse en solitario. Tampoco el amigo de la infancia logró salvarse de la quema que supusieron aquellos meses. Aquel curso se transformó en una hoguera de San Juan fuera de temporada, y ellos vieron cómo las llamas redujeron a cenizas todas las verdades anteriores.

Amanecí con los puños
bien cerrados
y la rabia insolente de mi juventud.

Carlos escuchaba la música y recordaba haber visto a Jorge con los puños apretados y la rabia dibujada en su rostro, pero sin insolencia, con miedo, con mucho miedo. Jorge había sido la pieza clave para todos.

Jorge, y rebota el nombre y su mirada furiosa contra la tarde.

Éste es mi sitio
y ésta mi espina.

Cerró los ojos e imaginó si podría vivir la vida de Jorge. Seguro que no. Nunca lo habían preparado para sobrevivir en medio de la desgracia. Nadie escoge el lugar donde nace; con suerte, puede elegir el lugar para quedarse... Y no siempre.

Decidió dejarse arrastrar por los recuerdos aún dolorosos en algún lugar olvidado del corazón.

—Todo comenzó con la puñetera avería de la moto y con Dani pidiendo ayuda.

En realidad, todo había comenzado en algún despacho que jamás conocerían, cuando alguien tomó una decisión sobre un adolescente y señaló un colegio como el más adecuado para su inserción. Las alas de la mariposa se desplegaron por entre las paredes de aquel despacho.

CUATRO AÑOS ATRÁS...

SE NECESITA DINERO Y UN PAR DE FAVORES

—Carlos, tu amigo al teléfono. Parezco la telefonista de mis hijos.

En los últimos tiempos, el teléfono se había convertido en una cuestión de honor para su madre. De cada cinco veces que sonaba, cuatro eran para Carlos o para Beatriz, la hermana pequeña, la cual, a sus doce años, encontraba más divertido chismorrear por el aparato que hacerlo en persona. No se habían puesto de acuerdo. Su padre lo llamaba «coincidencias de la edad». De cualquier modo, Sandra no soportaba tener casi siempre la línea ocupada por sus hijos. Por suerte, existían los móviles para estar siempre localizable ante las urgencias del hospital.

—Procura no enrollarte.

—Sí, mamá, por si llaman del hospital.

«¿Para qué querrá el móvil?», pensó Carlos, convencido de que una vez cruzada la frontera de los cuarenta años, los padres se convertían en unos desconocidos plagados de manías.

—Hola, Charly, necesito que me ayudes. ¡Urgente!

—Hombre, esta vez te ha dado tiempo a saludar antes de ir al grano...

—No seas plasta, que estoy metido en un buen lío.

—No me digas más: Ana ha vuelto a darte calabazas.

—¡Ojalá!

—Vaya, la cosa debe de ser grave. ¿Qué se te ha roto?

—La moto de mi hermano.

—¡No jodas!

—Mira, mejor te dejas caer por el garaje que está al lado del centro comercial y tráete tus ahorros. No tardes.

Esta vez su madre no podía quejarse: la conversación había sido breve. ¡Sus ahorros! A Carlos casi le da la risa. Todo su capital se cifraba en la rídicula cantidad de cuarenta y cinco euros, incluido el adelanto de una paga semanal.

—¡Este tío está como una cabra! Se debe de creer que soy un banquero con sucursal abierta para sus desaguisados. ¡Menudo morro le echa a la vida! ¡Y encima, siempre le sale bien!

Para eso estaban los amigos. Ellos se regían por un principio irrenunciable: un colega es un hermano elegido a quien nunca se deja en la estacada. Ganas no les faltaban alguna que otra vez, pero, en general, siempre se inclinaba a favor del amigo. Aquel curso su amistad con Dani se puso más a prueba que nunca, pero eso aún lo ignoraba Carlos. Eso, y la velocidad con que aprenderían a vivir.

El dinero no era un problema, salvo cuando necesitaba comprar una revista sobre motos con el póster que faltaba en su colección. Sus gastos estaban cubiertos y, en casos de emergencia, bastaba una «charla de hombre a hombre» con su padre, explicándole su ruina en euros y la imposibilidad de salir con los colegas, para que su padre aflojase un par de billetes, de veinte con suerte, «pero ni una palabra a tu madre que luego tengo bronca». A su madre la hacía feliz que sus hijos la reclamasen para ir de tiendas: se derretía y era capaz de comprar más de lo solicitado, «así nos vemos y hablamos», decía durante la obligada merienda al terminar la tarde y las compras, cargados con bolsas repletas de muchas más cosas de las previstas. La merienda: el mejor momento para su madre, que entonces creía recuperar a su hijo casi perdido. Carlos no solía abusar. Su vicio casi en exclusiva lo constituían los pósters de motos y el cine. La pasión por Pfeiffer.

En su casa, el dinero nunca había sido un problema. Al menos que él o Bea recordaran. La posible racanería paterna estaba más bien vinculada a una cuestión de principios, aquello de «aprender lo que vale un peine», aunque no acababa de tener muy clara la cuestión porque él no se encargaba de las compras.

—Mamá, me voy al centro comercial.

—No tardes, ya sabes que a tu padre le gusta cenar con todos a la mesa.

—¡Si son las seis de la tarde!

—Claro, y como los deberes se hacen solitos, pues la casa sólo para dormir y comer.

—Mamá, estamos a principios de octubre, a los profes no les ha dado tiempo ni a mirarnos.

—Ni falta que les hará. Memorizados os tendrán después de años soportando espinillas y hormonas sueltas como vacas locas. De todas formas, antes de las diez en casa.

—Vale.

A Carlos todas aquellas formalidades le molestaban, pero también formaban parte de las reglas, del código que daba cuerpo al guión de sus vidas. No podía quejarse de sus padres, incluso tenía la impresión de que ellos acababan sintiéndose culpables de invisibles delitos cometidos contra los hijos. Tanta tertulia en todas partes acerca de la educación les tenía comida la moral y parte de la vieja autoridad. Cogió la bicicleta y llegó al garaje en diez minutos.

—¿Trajiste las pelas?

—Hola, Dani, estoy bien, gracias. He traído mis ahorros. Todos. Y me temo que ascienden a la ridícula cantidad —dijo mirando el estado de la moto— de cuarenta y cinco cochinos euros.

—¡Fredo me mata! ¡De ésta me empapela para los restos!

—No me extrañaría.

Se quedaron mirando la moto, una Honda-500. Fredo, Alfredo, era el hermano mayor de Dani, un universitario de segundo que solía mirarlos como si fueran párvulos. La moto era sagrada, mucho más que el ordenador, y su amigo se la había cargado.

—¿Qué ha pasado?

—¿Importa?

Dani estaba a punto de estallar y Carlos conocía esos momentos: su amigo era un pedazo de pan con los nervios tranquilos, pero cuando se ponía nervioso y se sentía como un animal atrapado en un cepo, se convertía en un ser impredecible, capaz de cualquier tontería. Hacía dos años había tenido problemas, una depresión con trastorno de lenguaje, y desde entonces no había vuelto a ser el mismo. Lo peor reventaba cuando no encontraba el modo de solucionar el problema, cuando no dependía de sus fuerzas, entonces comenzaba a tartamudear y podía llegar, incluso, a resultar violento. Había que calmarlo, hacer que soltara aquella rabia por la boca para evitar que empleara los puños.

—Lo arreglaremos, Dani. Yo me ocupo. —Lo decía, pero ni podía imaginar cómo—. Ahora cuéntame cómo es que tienes la moto de tu hermano y qué ha pasado para darle semejante leche...

—Tenías razón, colega, Ana es una Barbie estúpida...

¡Acabáramos! Carlos estuvo a punto de alegrarse. No soportaba a la tal Ana, rubia, impecable y tan creída que le resultaba totalmente imposible imaginar que alguien en todo el curso no perdiera los papeles por una cita con ella. Incluso se permitía el lujo de ponerse dura con Dani, el guapo oficial del colegio. En el fondo notaba alivio al comprobar que también los chicos guapos lloran de amores alguna vez. Se mordió la lengua para no soltar una carcajada.

—Conseguiste una cita y querías fardar con la moto de Fredo. ¿Me equivoco?

Dani bajó la cabeza y pateó el suelo. Incluso se había puesto zapatos. Aquella chica había armado un buen revuelto con sus neuronas.

—¿Calabazas, tío?

—Peor, aceptó dar una vuelta. Le moló el paseo en moto. En realidad le chifla lucirse. Dimos vueltas por el centro comercial para que todos la pudieran ver bien, y cuando iba a proponerle algo serio, como un paseo por la Casa de Campo, sin moto, para perdernos entre los árboles, la tía va, me mira y suelta una carcajada...

—¿Le pareció raro?

—El paseo no lo sé, pero mis calcetines sí.

—¿Tus calcetines?

—Son blancos. Y según esa pijolinda, llevar calcetines blancos es cosa de macarras...

—No sabía que los vecinos de Somosaguas teníamos prohibidos ciertos colores en nuestra ropa interior...

—¡Menos cachondeo, Charly!

Pero ya se había calmado. Zanjado el primer momento de rabia, lucía de nuevo su cara de chico guapo sin problemas. Ahora faltaba por resolver el asunto de la moto. «Y para eso estaba el tonto útil de Carlos», pensó, sintiendo cierta envidia. Los sentimientos nunca brotaban puros del todo: quería al amigo, estaba con él siempre que lo necesitaba, algo muy frecuente, pero no lograba evitar un punto de celos porque para Dani todo parecía mucho más fácil. O al menos eso creía entonces. Aún desconocía las situaciones realmente difíciles.

—Aquí me conocen y me la arreglarían en un par de días. Justo a tiempo, porque Fredo regresa del curso que está haciendo en Londres pasado mañana...

—¿Y cuánto...?

—Ciento cincuenta euros.

—¿Cuánto tienes tú?

—Estoy a cero, Charly, a mis viejos no les sacaré un euro ni contándoles que me estoy muriendo: este mes ya llevo tres pagas de adelanto y varios «sobornos».

—Estamos por un estilo. Yo podría sacarle a mi padre unos treinta con una de «nuestras charlas de hombre a hombre», aunque la última está recientita, pero si pido un céntimo más los mosqueo. Ya sabes cómo andan los viejos de pendientes por el rollo de la droga y esas cosas.

—¿No dijiste que me ayudarías?

—Y aquí tienes todo mi capital... Claro que tenemos a alguien que nos puede ayudar. —Charly miró a Dani sintiéndose dueño de la situación—: Marga.

—¿Esa estirada?

—Dices eso porque es la única que no se muere por tus huesos —por suerte para Carlos, que estaba colado por Marga—, y porque te da cien vueltas en clase, y...

—¡Corta el rollo! De acuerdo. En estos momentos, le pediría dinero al mismo diablo.

Durante el resto del curso, Carlos se arrepintió de haber facilitado que Dani, desde aquel día, mirara a Marga de otro modo; entonces ni se imaginó que aquel guapo oficial del curso, el chico con sueño perdido por Ana, se fijara en su mejor amiga. Para llegar hasta Marga se necesitaba mirar dos veces, entonces tropezabas con sus hermosos ojos verdes, con su sonrisa; no provocaba silbidos como Ana, aunque tampoco los buscaba. Era pelirroja, pero no llamativa, tal vez porque ella se empeñaba en no serlo. Marga destacaba «en las distancias cortas». Le gustaba estudiar y mantenía muy claras sus prioridades, entre las que no figuraba conseguir que todos volvieran la cabeza al verla pasar. Y mucho menos, hacerle guiños al guapo capitán del equipo de fútbol del colegio.

Por suerte, todos vivían relativamente cerca y llegaron en quince minutos a casa de Marga. Carlos estaba tan seguro de su ayuda, que había recomendado a su amigo pedir en el garaje que arreglaran la famosa moto de Fredo.

—Hola, veníamos a ver a Marga, Basi.

—La niña está en su cuarto, que se me pasa los

días encerrada, a ver si me la distraen. ¿Subo unos refrescos?

—No, Basi, de momento no.

—Pues bueno.

Basi, Basilia, era una mujer de cincuenta años que aparentaba quince más por la dura vida que cargaba a sus espaldas. Trabajaba en casa de Marga desde su nacimiento y cuando sus padres se divorciaron, pasó a ser algo así como la gran madre de Marga y de Carmen, una abogada de causas perdidas que se pasaba media vida en Estrasburgo, sabiendo que Basi ejercería de abuela, de madre, de curandera y de lo que hiciera falta. Basi no tenía hijos, al menos ahora; sus dos hijos varones habían muerto, uno en una reyerta en el barrio, al que ella no quiso volver, el otro por sobredosis, o porque en lugar de droga le vendieron raticida. Su familia eran ahora Carmen y Marga.

—¿Interrumpimos?

Marga estaba ordenando sus tesoros. El mejor regalo que se le podía hacer era un fósil, un libro de antropología, artesanía popular de cualquier rincón del mundo... Su cuarto parecía un museo. No le sorprendió ver a Carlos allí, era bastante frecuente, sobre todo a partir del segundo trimestre, siempre necesitado de su ayuda en matemáticas, física y hasta en historia. Pero no esperaba ver allí plantado al «guapo» oficial del curso.

—¿Pasa algo?

—Cualquiera diría que sólo recurro a ti cuando pasa algo.

—Podría decirse que sí, Charly.

En un primer momento, su amiga mostraba una imagen de lo más antipático. Pura máscara defensiva, Marga era tímida hasta lo patológico, se necesitaba conocerla para entender esas primeras reacciones. A Dani comenzaban a ponérsele coloradas las orejas, síntoma inequívoco de tormenta cercana.

—Cierto, tenemos problemas.

—¿Dani también?

Puso todo el acento en el adverbio. Se cruzó de brazos y lo miró como un juez dispuesto a condenarlo a cadena perpetua. Urgía mejorar la situación cuanto antes. Carlos conocía la fama de guaperas insoportable que rodeaba a Dani, y él respondía generosamente a la misma, pero también era su amigo y, en el fondo, otro pedazo de pan. Los amigos son como la escarlatina: tienen momentos en que te ponen realmente mal, pero uno ha decidido que forman parte de su vida y no se les deja en la estacada.

—Es un ser humano, Marga. —Dani aún no había despegado los labios—. Y es mi amigo.

Lo dijo como si fuera la mejor garantía de Dani para ser admitido por Marga.

—¿Qué problemas? —preguntó la chica bajando un poco la guardia.

—Oye, yo no pido limosnas de atención a quien tiene tantos prejuicios...

—Se ha cargado la moto de su hermano. —Carlos cortó el discurso de Dani antes de añadir más veneno al ambiente—. Y entre los dos no reunimos el dinero suficiente para arreglarla antes de que Fredo regrese de su curso en Londres. Vamos, que necesitamos unos setenta euros. Ahora mismo.

Mejor soltarlo de golpe y de corrido. Ignoraba cómo podría reaccionar Marga. Era una buena chica, siempre dispuesta a echar una mano y no sólo con los problemas de clase. Incluso sacaba tiempo para trabajar como voluntaria en algún lugar que Carlos no lograba ubicar; su amiga llevaba una doble vida y a él sólo le interesaba la que conocía. Por si algo faltaba, había sido elegida como delegada de curso porque todos sabían que era la mejor oradora y con las mejores notas, lo cual servía de garantía con los profesores. A Dani, por guapo que fuera, o a él, con sus aprobados pelados, ni los escuchaban.

—Setenta euros —murmuró. Pareció pensar en otra cosa. Dani empezaba a estar arrepentido de haber pedido ayuda a la empollona del curso...

—De acuerdo.

—¿Tienes la pasta? —preguntó Dani cambiando de inmediato toda opinión sobre la chica.

—La tengo. Pero tiene un precio.

—El que sea. Te lo devolveremos con intereses...

No terminó la frase porque, si las miradas pudieran convertirse en acero, la que Marga le lanzó hubiera atravesado de parte a parte a Dani.

—El señorito lo resuelve todo con dinero, ¿de papá o propio? Hay más cosas en este mundo, chico. Incluso alguna que no podrías comprar...

A Marga le brillaban los ojos; de tan verdes parecían un par de esmeraldas húmedas por la rabia. Carlos pensó que se ponía realmente guapa cuando se enfadaba y su amigo debió de empezar a notarlo, porque la miraba de un modo diferente. Enfadada, hasta la melena, suelta sólo en privado, como si fuera un lujo para la intimidad, se le transformaba en fuego. En ese momento se dio cuenta de que una relación iniciada con una bronca podía terminar en puras mieles, sin que él pudiera evitarlo, ni lamentarse siquiera: sus sentimientos hacia Marga se mantenían en secreto incluso para su mejor amigo.

De momento, se enfrentaban como dos gatos disputándose el territorio; sin embargo, Dani había conseguido lo que Carlos no había logrado en varios años de tranquila amistad: despertar un violento interés en Marga.

—Bueno, ¿cómo podríamos pagarte el favor? —preguntó Carlos, sobre todo para que aquellos dos no siguieran mirándose como dos tigres midiendo fuerzas antes del combate, ignorando su presencia como si se hubiera transformado en humo.

—Hoy me ha dicho el director del colegio que la semana próxima tendremos un compañero nuevo. Necesitará nuestra ayuda y —miró a Dani—, sobre todo, tener amigos con suficiente crédito en el colegio para que nadie se meta con él.

—¡Menuda tontería! Todos los años comienza alguno nuevo y el director no se molesta en avisar al delegado de curso.

—Este caso es especial, Charly. Se trata de un chico que no vive en nuestra urbanización, ni siquiera en una casa normal. Lleva tres años viviendo en centros de acogida para menores abandonados...

—¿En dónde...? —preguntó Dani.

—Sí, chico guapo, no todos tienen casa con jardín, ni siquiera casa. Jorge no tiene nada.

—¿Y sus padres?

—El padre está en la cárcel, le quedan bastantes años para salir, y la madre murió. A los dos hermanos pequeños los adoptaron, pero Jorge era demasiado mayor para que ninguna familia lo quisiera, así que pasó a depender de la Comunidad.

—¿Y por qué lo envían a nuestro colegio? —preguntó Dani.

—Un incordio, ¿verdad? ¡Con lo guapos que somos los chicos de la urbanización y nos meten a un pringao sin familia!

—Caray, Marga, no te pases, reconoce que es una bomba.

—¿Para quién?

—Jolín, pues para todos.

—¿Y eso por qué, querido Charly?

No se le ocurrió una respuesta convincente. Que se trataba de una bomba se lo decía su instinto, pero su cabeza no encontraba razones y las que se le ocurrían no las mencionaría delante de Marga ni bajo tortura.

—Bueno, vale, ¿qué quieres de nosotros?

—Está visto que tus neuronas van lentas, Carlitos.

—Quiere que nos convirtamos en sus amigos, Charly, que apoyemos su entrada en el colegio para que nadie se burle de él, porque imagino que se le notará que no es de los nuestros.

—Yo tampoco soy de «los vuestros», te advierto —aseguró Marga.

—Mira, necesito ayuda —Dani tenía cubierto el cupo de paciencia—, si no, no estaría aquí. Eso para empezar. Para seguir, no tengo ningún interés especial en ese novato, ni para bien ni para mal, mi lema es «vive y deja vivir», así que yo no sería de los que le hicieran la vida imposible. Con tu dinero o sin él. No ser un santo no quiere decir que se tenga que ser un diablo. Y, además, bastaba con que lo hubieras pedido, sin chantajes, para que contases con mi apoyo. ¿Te enteras?

A Carlos le zumbaba la certeza de sobrar en aquella habitación. Entre Marga y Dani había comenzado a fluir una corriente de química que ni ellos mismos controlaban. De momento medían sus fuerzas, se tanteaban. Acabarían teniendo un romance, se lo decía su estómago, y no solía equivocarse, aunque la razón estuviera en contra de aquella relación. Miraba a su amigo y le parecía un desconocido: jamás lo había visto apasionarse por algo más allá de las motos o las chicas monas. Y tampoco acostumbraba a soltar un discurso que sobrepasase dos frases.

—Me doy por enterada.

Marga se levantó y fue como si una llamarada le cubriera la cabeza, fuego que se grabó en la pupila de Dani y sangró la herida de los celos en Carlos. Abrió una caja de madera con dos tucanes grabados y pintados con fuertes colores y volvió con ciento veinte euros. Cincuenta euros más de los solicitados.

—No tengas prisa para devolvérmelos. Sin intereses. Y perdona. Tiendo a pensar que todos los chicos de la urbanización son tontos y egoístas. No he sido muy justa. De todas maneras, Jorge, el chico nuevo se llama Jorge, necesitará algo más que indiferencia, Dani, necesitará que alguien como tú lo ponga entre los suyos, pero tienes razón en que esto no debe hacerse por chantaje. No necesito el dinero; si te soluciona un problema, me alegro, y si no quieres ayudarme con el chico nuevo, pues también.

Carlos casi grita que había sido muy justa, que todos eran unos egoístas y su amigo, el guapo Dani, el más egoísta de todos. Como siempre con aquella carita de niño bueno que le salía de algún lugar desconocido de sus entrañas, era capaz de engañar a la propia Marga.

Decidió no decir nada. Al final, como era habitual, Dani se salía con la suya y transmutado en el héroe de la película. En momentos como aquél, deseaba estrangularlo.

—Jorge contará con nuestro apoyo, Marga. Y no como pago a tu préstamo. Bastaba con que me lo hubieses pedido. Charly y el «guaperas», o sea, un servidor —e hizo una inclinación tan graciosa que hasta Carlos hubo de reconocerle el encanto—, trataremos de ser amigos de verdad de ese chico.

De golpe, Dani se convirtió en portavoz de los dos y chico interesado por los problemas de un marginado. Desde aquel día se metamorfosearía en muchas cosas nuevas para su amigo. Todos se transformarían en chicos diferentes. Jorge era un desconocido, pero su sombra ya ondeaba por la tranquilidad de sus vidas y pronto llegaría la tormenta.

La mariposa había desplegado las alas en algún remoto lugar.

Sí, así habían comenzado las cosas en aquel curso del noventa y nueve: con un golpe en la moto de Fredo y la necesidad de contar con la ayuda de Marga. La gran rueda del destino había comenzado a mover su maquinaria. Carlos siempre pensó que en la vida, a diferencia de las películas, no sonaba una música diferente capaz de señalar los momentos decisivos y tampoco se podían ver las escenas vividas, paralelamente, por los otros personajes. Lo único que se oyó fue a Basi, quien, pese a la negativa, entraba en el cuarto con unos refrescos.

De momento, a Carlos sólo le hacía daño la idea de imaginar a Marga atisbando en Dani lo que todas las chicas del curso veían, mientras él, como siempre, acababa arrinconado entre las sombras de una amistad a secas.

Cogió uno de los refrescos y se regodeó en su papel de coprotagonista no elegido por la estrella. Ellos ni siquiera parecieron enterarse.

LO PROMETIDO ES DEUDA

Dos semanas más tarde, Jorge apareció en el colegio. Nadie dio ninguna información especial sobre él. El director se había limitado a poner en manos de Marga los hilos que facilitaran su integración. La mejor estrategia para el chico consistiría en no dar explicaciones sobre su situación de adolescente recogido por la Comunidad.

En Biología, el día anterior, hablaron de comportamientos animales. Casi una premonición. Tal vez el profesor hubiera adelantado la lección para preparar la llegada del nuevo. No todos los profesores auguraban un buen resultado.

—Los orangutanes adoptan al pequeño que queda huérfano y otra hembra del clan decide hacerse cargo del mismo como si fuera su hijo...

—¿Y si ninguna se hace cargo del gorilita? —preguntó Roberto.

—Hombre, si resultase igual de feo que tú...

—Paula, no hagas chistes.

—Pero, profe, si Roberto es como un chiste él solito.

Carcajada general. Roberto nunca calibraba su capacidad para resultar blanco de las burlas, incluso parecía propiciarlas.

—A veces, los animales, sin que esté muy clara la razón, rechazan a algún miembro...

—Eso, que también ellos tienen sentido de la estética, vaya.

—Paula, el cachondeo cuando suene el timbre. Decía que uno de los miembros puede resultar rechazado, es decir, lo marginan y evitan incluso la caza con él. Por ejemplo, en un grupo de leones, donde las leonas son las cazadoras y, en definitiva, las que hacen posible la supervivencia del grupo, alguna vez rechazan a una de las hembras y llegan a impedirle que se acerque a los cachorros y al propio grupo, bajo amenaza de muerte...

—Pues espero que no se dé en el caso de Jorge —susurró Carlos al oído de su amiga.

—Charly, no seas negativo.

Resultaba fácil decirlo, pero Marga también temía por aquel grupo de leones capaz de poner las cosas muy difíciles al nuevo.

—¿Y qué hace entonces la leona rechazada? —preguntó Dani.

—Sobrevivir, si puede.

—A ti te haríamos siempre un huequecito, Dani.

—Gracias, Paula.

Marga no sabía dónde meterse. Se arrepentía de haber dado cancha a Dani en el grupo de apoyo a Jorge.

¿Por qué lo había hecho? Prefirió no darle más vueltas por si su propia imagen no salía del todo indemne de la respuesta.

El nuevo apareció y no fue difícil sospechar que no provenía de la misma manada. Jorge no vestía el mismo tipo de ropa, moderna e informal pero cara, y llegaba al colegio acompañado por otro chico, como de unos veintitrés años, que lo dejaba en la puerta y reaparecía cuando terminaban las clases. Para ser un amigo, resultaba un poco rara tanta compañía de horario fijo.

—¿Quién es el chico que lo acompaña? —preguntó Dani, ahora inseparable de Marga. Dani, Carlos y la chica parecían, desde hacía días, una versión moderna y mixta de los tres mosqueteros.

—Un voluntario.

—¿Y por qué no viene solo? —preguntó Carlos.

—Jorge tuvo problemas. Bueno, toda su vida es un gran problema. Intentó escaparse alguna vez del centro de acogida y ahora lo tienen en período de observación.

—Como a los mutantes de un laboratorio —dijo Carlos.

—No, hombre, como a los presos a quienes conceden la libertad condicional —corrigió Dani.

—Debe de ser bastante humillante para él —terminó Marga.

No se equivocaba la chica acerca de los sentimientos de Jorge, porque no daba muestras de sentirse en la compañía elegida cuando el voluntario aparecía, puntualmente, a recogerlo. Jorge tenía diecinueve años; esos dos años más de diferencia con el resto de los alumnos del curso lo convertían en un ser extraño, en una especie de repetidor sin relación con ninguno de los compañeros. Se mostraba huraño, a la defensiva, manifestando incluso reacciones físicas ante el más simple gesto de aproximación.

Actuaba como un animalillo introducido en un hábitat desconocido y para el cual nadie le había proporcionado los códigos de comportamiento. Se defendía porque se sentía diferente y porque siempre había necesitado defenderse. Necesitaba ser adoptado como un huérfano, aunque él mismo se negara tal condición.

—No nos lo pone fácil. Da la impresión de que preferiría que lo dejásemos en paz —aseguró Dani, que había intentado acercarse varias veces en los dos días que el chico llevaba con ellos—. Parece que es a él a quien le molesta nuestra compañía.

—Además, es mucho mayor que nosotros. A mí me hace sentir como un crío.

—Carlos, tú eres un crío.

—Gracias, Marga, con amigas como tú no necesito enemigas.

—No seas tonto, todos nosotros somos unos críos al lado de alguien como Jorge.

—¿Y eso por qué? —preguntó Dani.

—Pues porque nosotros siempre hemos vivido

protegidos, como entre algodones. ¿Cuál ha sido vuestro mayor problema?

Y se quedó mirando al dúo de amigos mientras caminaban hacia sus casas. Habían decidido no tomar el autobús escolar, aún había días como aquél de buen tiempo y el paseo resultaba relajante. Dani parecía haberse olvidado de su pasión por las motos y seguía a Marga a donde lo llevase. Fingía no darse cuenta de la influencia que la chica tenía sobre él. «Está más colgao que una percha», pensaba Carlos, y sentía definitivamente perdida la oportunidad de su vida por haber decidido ayudar a su amigo cuando el follón de la moto.

Ninguno de los dos se atrevió a contestar. Si lo pensaban con calma, en sus vidas no había sucedido nada realmente grave. En el caso de Marga, podía decirse que el divorcio de sus padres suponía, cuando menos, un trastorno diferente en su vida, pero la chica se llevaba muy bien con el padre, que ahora vivía en el centro de Madrid, se había vuelto a casar y tenía un hijo de su nueva mujer. No le destrozó la vida, ella siempre aseguraba que sus padres se dieron cuenta una mañana de que sólo la tenían a ella en común y se merecían la oportunidad de volver a emocionarse al lado de otras personas. Al principio, los dos la envolvieron con muestras de un cariño casi asfixiante, hasta que los convenció de lo innecesario de «pasarse», porque estaba segura tanto de su amor como de quererlos.

—¿No hay respuesta, chicos?

—Hombre, al lado de la vida de Jorge, la nuestra es casi un manual de la felicidad —dijo Dani.

—Pues a mí no me parece que la felicidad, así toda ella contenida en una palabra, exista. Diría que vivimos tranquilos y con las necesidades básicas cubiertas...

—Y las no básicas también, Charly. Nos quieren, nos cuidan, tenemos la posibilidad de no ser unos ignorantes... Podemos decidir sin tener que partir de cero, o de algo peor.

—Vale, Marga, pero no creo que eso te haga saltar de alegría cada día cuando despiertas.

—Será porque nunca has pasado hambre, ni frío, o porque no te has sentido excluido de la manada.

—Pues será por eso, chica, pero no me parece que la vida sea una juerga estupenda.

—Estarás en la edad del pavo, colega.

—¡Mira quién fue a hablar! Dani, te recuerdo que hasta hace unos días, el que estaba en las puras nubes y haciendo el ganso eras tú, que tu «gran problema» era la moto de Fredo escojonada y haber llevado calcetines blancos a tu cita con una de las niñas más gansas que se recuerdan.

A Dani se le pusieron rojas las orejas. Mencionar su fallida historia con Ana no le parecía lo más apropiado ante Marga. El simple hecho de haber intentado ligar con la chica-Barbie del colegio, podía significar que jamás lo mirase como a otra cosa que a un «buen voluntario para la causa de Jorge». Carlos decidió no herir a su amigo donde más daño podía hacerle y dejar zanjado el asunto.

—Yo creo que lo nuestro es un simple problema de madurez —aseguró Marga.

Por suerte para Dani, Marga, al no darse por enterada del intento de ligue con «la niña boba», impidió una conversación con derivaciones peligrosas.

—Para nuestros padres —prosiguió la chica— seguimos siendo sus niños pequeños. Estarían dispuestos a pagar para que no creciéramos, porque no tienen muy claro cómo tratarnos y, sobre todo, cómo protegernos. Los profes tampoco se atreven a mirarnos como adultos salvo cuando nos hablan de ese futuro para el que nos preparan y en el cual no siempre creen. Y nosotros estamos en mitad de un río, hemos abandonado una orilla y aún no hemos llegado a la otra.

—Y Jorge nos gana la partida porque ha cruzado ese río y está en el lado de los adultos.

—Mira, Dani, yo creo que Jorge, donde está es en la orilla de la marginación. Y no es el puerto mejor del mundo. Créeme.

—¿Cómo lo sabes? —preguntó Carlos.

—No lo he vivido en propia carne, pero he conocido la historia de Basi desde que llegó a casa. Todos hemos vivido el drama de una mujer abandonada y con dos hijos que no consiguieron superar el modo de vida de un barrio donde no hay demasiadas posibilidades para nadie. Además, trabajo como voluntaria...

Parecía avergonzarse de esa otra parte de su vida. Dani la miró como si fuera un bicho raro.

—¿Voluntaria de qué?

—De lo que puedo. Tampoco es tanto.

—¿Y de dónde sacas el tiempo?

—Venga, Dani, a todos nos sobra un montón de tiempo. Es cuestión de organizarse. Además, sólo dedico dos tardes a la semana, una para ir con una viejecita que no tiene familia y le encanta jugar a las cartas, tanto que me he hecho experta en chinchón y tute...

—¡Lo que te faltaba! —dijo Carlos—. ¿Y la otra?

—Recojo a la salida de la guardería a un niño y me quedo con él hasta las ocho de la tarde, en que vuelve su madre del trabajo.

—¿Podría acompañarte algún día?

Carlos no daba crédito a lo que estaba oyendo, Dani el guapo, el ligón oficial del curso, ofreciéndose para acompañar a Marga en una de esas tardes dedicadas a los demás. Estuvo a punto de soltar una barbaridad, pero le bastó ver cómo miraba Marga al transformado Dani para cambiar de opinión.

—¿Y qué hacemos con Jorge, que lo tenemos más cerca?

—Tienes razón, Charly, tú tan práctico como siempre. —Le dedicó una sonrisa que para sí quisiera la Pfeiffer, y Carlos hubiera cruzado el Amazonas si se lo hubiera pedido por recibir otra parecida—. Mañana empiezo a darle clases extra, en la biblioteca del colegio, para ver si consigue ponerse medianamente al día, aunque el curso lo tiene chungo, pero al menos trataré de que no le suene todo a chino...

—Pues no creas que a mí me suena demasiado a cristiano...

—Charly, lo tuyo es pura pereza. Pero, si quieres, puedes apuntarte. Nos quedaremos dos tardes a la semana hasta las siete en la biblioteca.

—Total, que tienes todas las tardes ocupadas —dijo Dani.

—Los fines de semana libro.

—Pues podríamos ir al cine —atajó Carlos temiendo que lo marginaran definitivamente del trío.

—¡Estupendo! Hablaré con el voluntario que acompaña a Jorge para que lo dejen venir con nosotros.

«Al menos seremos multitud», pensó Carlos. A Dani no le hizo mucha gracia saberlo añadido a la sesión de cine.

—¿Qué vamos a ver?

—En el centro cívico reponen *Mentes peligrosas*, y la prota es la Pfeiffer de vuestros amores; parece ser que le dedican un ciclo...

—¡Bah! —exclamó Dani, y Carlos casi le salta a la yugular recordando la cantidad de fotos que su amigo tenía colgadas en la habitación de la rubia de sus sueños, y la cantidad de veces que habían alquilado *El regreso de Batman* para ver a la rubia ejerciendo de gato.

—¡No disimules, chaval, que nos gusta a todos!

—«Enamorados de Pfeiffer.» Podría ser el título de una novela.

La novela la vivirían ellos en breve. Por suerte siempre se ignora la catástrofe. Para empezar, los dos se apuntaron a las clases extra que Marga daba a Jorge en la biblioteca. El director del colegio creyó que había dado con la solución mágica al haber contado con la chica; había sido capaz de integrar en el plan al bueno de Carlos, que no pasaba del aprobado por pura pereza, y a Dani, el chico líder sin necesidad de imponerse a los otros. Con suerte, la llegada de Jorge resultaría beneficiosa para todos.

Y lo fue, pero no por donde imaginaron. Por lo pronto, la desocupada biblioteca se habitó con la presencia de cuatro estudiantes. Los cuatro mosqueteros.

El chico no era nada tonto, se le notaban las lagunas de no haber asistido a clase con regularidad, pero aprendía rápido. Y trataba de quedar bien con aquella chica con una mirada mucho más hermosa que la de Pfeiffer. Dani comenzó a sentir celos de Jorge; Jorge, que aprendía rápido; Jorge, que tenía un cuerpo musculoso y bien trabajado por el gimnasio de la calle; Jorge, tan adulto con el conocimiento de otro mundo más allá de las vallas de seguridad; Jorge, que sólo tenía ojos para Marga. Y ella, que parecía mirarlo como si no hubiera nadie más en la biblioteca... Dani comenzó a vivir en un pequeño purgatorio de celos y Carlos se sintió medio consolado. Al menos había otro sufriendo por Marga.

—Bueno, pues mañana quedamos en recogerte nosotros a las cinco y nos vamos a ver a la guapa Pfeiffer. Prometo no sentir celos —chispeaba el verde de sus ojos—. Además, reponen la que más os mola. Claro que, estando ella...

Jorge se sentía humillado. No podía salir sólo del centro de acogida y eso le hacía sentirse como un preso vigilado. Le dolía, sobre todo, no poder jugar el papel de hombre fuerte capaz de vencer en cualquier pelea para ofrecérsela en bandeja a la chica maravillosa capaz de convertir en fáciles incluso los problemas de matemáticas, y el rollo de la historia en algo parecido a una película.

Carlos oteaba la situación como un espectador privilegiado. Notaba los celos de su amigo, vivía sus propias emociones contradictorias y empezaba a comprender que también para Jorge la situación resultaba difícil: tampoco a él le habían pasado el guión de esta película.

Pensaba en lo complejo y espinoso de actuar como un adulto. «Todos esperando que nos portemos como personas mayores, pero no hay manera de saber en qué rayos consiste esa nueva forma de reaccionar. Y lo más chungo es que nadie tiene la fórmula mágica para salir del apuro. Ni siquiera Marga, que parece llevarnos varias zancadas de ventaja. Los profes no intervienen demasiado, los padres no se enteran de la mitad de nuestras movidas y los amigos están tan pulpo en un garaje como uno mismo.»

Aún no lograban calibrar cuánto habían ganado gracias a Jorge: se habían convertido en amigos que comenzaban a quererse mientras aprendían a mirar más allá de su propio ombligo. Tendrían la suerte de ir haciéndose adultos sintiendo la certeza de otros hombros en los que apoyarse. Jorge no sospechaba la suerte de haberse ganado, sin buscarlo, el mejor equipo de amigos.

—¿Crees que saldrá bien el plan de Marga?

Carlos no esperaba la pregunta de su amigo. Se habían quedado en silencio después de dejar a Marga en su casa y caminaban hacia las suyas cada uno sumergido en sus propios pensamientos.

—¿A qué te refieres?

—A lo de Jorge. A mí ese chico me ralla bastante, cosa de malas vibraciones...

—Será que no usa tu mismo perfume.

—¡No seas borde!

En realidad, lo que le hubiera gustado confesar a Dani se refería a los celos espantosos que le retorcían el estómago porque «el nuevo» acaparaba casi todo el tiempo libre de Marga.

—Pues a mí me parece un tío con más agallas que nosotros. ¡Ya me gustaría ver cómo respondíamos nosotros al reto de entrar en un colegio lleno de niños bien, sin controlar las asignaturas, sin amigos, sin familia y vigilado por un voluntario como si fuera un delincuente!

—A lo peor, sí lo es.

—O nos lo parece a nosotros porque nos resulta más cómodo meterlo en alguna casilla ya definida.

—¡Cómo te pones, Charly!

—Es que todavía no sé qué pinta un tío como tú metido en semejante labor evangélica. Lo tuyo son las motos, las niñas tontas y ver cómo pasas el curso sin dar golpe...

Lo dejó con la boca abierta. Se lanzó a una carrera que evitase mostrar su lado más débil ante Dani. Casi se le habían saltado las lágrimas. Lo que había dicho a su amigo, se lo podía decir también a sí mismo. No le gustaba lo que Jorge le mostraba de sí mismo.

«Uno se cree el ombligo del mundo, que todo ha de girar en torno a ese pequeño centro de ti mismo, hasta que un día llega un Galileo que demuestra que tú, como el resto de los mortales, giras en torno a una pesadilla común.»

No sabía si agradecerle el descubrimiento o desearlo de regreso a su mundo para volver a recuperar la tranquilidad de su dulce y sonrosada visión de la vida.

El sábado por la tarde, la sesión de cine, con Pfeiffer incluida, sólo sirvió para empeorar la imagen que Carlos se iba forjando de sí mismo. Por primera vez, lo menos importante fue embobarse con el adorado rostro de su actriz favorita. *Mentes peligrosas* ya formaba parte de sus clásicos privados. Aquellos chicos defendiéndose como gatos en un basurero podían ser un retrato de Jorge. Se notaba incómodo, como si uno de los personajes hubiera saltado de la pantalla para sentarse a su lado. Se pasó casi toda la película mirando de reojo al intruso, intentando, en medio de la oscuridad, descubrir qué emociones despertaba la película en el chico. No pudo descifrarlo, Jorge no movió un músculo de su rostro.

A Carlos le seguirían rebotando dentro de la cabeza y durante muchos meses las letras de Coolio, el grupo que había puesto la banda sonora a la película, como si ahora las descubriera realmente:

Ellos dicen que tengo que aprender
pero no hay nadie aquí para enseñar.
Si no pueden entenderme
¿cómo pueden ayudarme?

Salieron del cine sin encontrar un tema de conversación capaz de romper la tensión. Jorge parecía flotar en otro lugar y los tres amigos se debatían entre el complejo de culpa por vivir bien y la rabia por no entender su parte de responsabiliad en la desgracia de Jorge. Tan sólo unas semanas atrás, la película hubiera servido para discutir si Pfeiffer estaba mejor o peor que en Batman, para no llegar jamás a un acuerdo sobre si la boca era operada o era así de nacimiento.

No faltaba mucho para que las cosas se complicaran y tuvieran que aprender a tomar decisiones diferentes. Las más importantes de su vida. Habían prometido ayudar a Marga para integrar en el grupo a un desconocido arribado de otro mundo, casi de otra galaxia, y ahora se veían implicados en un juego capaz de cuestionar todo cuanto habían creído hasta entonces.

¿Quién era Jorge? ¿De qué mundo venía, tan desconocido para ellos?

—¿Qué pasa, chaval?

A Carlos le sorprendió ver a su padre entrar en la leonera, nombre familiar de su habitación; traía lo que el chico llamaba «cara de padre que intenta entender a su hijo». Eso supondría la obligación de responder a un interrogatorio casi conocido de memoria.

—Pues ya ves.

—Hombre, lo que veo no es a alguien muy feliz. ¿Problemas?

—Todo bien.

—Pues no lo parece.

Se le notaba desconcertado, deseando acercarse a ese hijo del cual cada día sabía menos y no encontraba ninguna puerta abierta. Carlos levantaba un muro sin fisuras. Con todo, no quería que su padre acabara sintiéndose mal, así que optó por contar lo de Jorge.

—Tenemos un chico nuevo en clase.

—¿Ah, sí? ¿Vecino de la urbanización?

—No precisamente.

Carlos miró a su padre, lo imaginó preocupado, viendo al chico nuevo como a un agente desestabilizador. Sintió, de golpe, por dónde podrían venir los primeros palos para Jorge: por las buenas y protectoras intenciones de los padres, unos padres capaces de pagar un plus de comunidad para aumentar la seguridad de la urbanización, de consentir fiestas en sus casas para controlar su bienestar; intentando, contra toda lógica, mantenerlos alejados de todo aquello que pudiera, simplemente, provocarles un rasguño. Por eso el director había guardado un discreto silencio, por eso pidió ayuda a Marga y dejó que el intruso encontrara un hueco en sus manos para protegerlo, para casi adoptarlo y alejar la sombra de la expulsión cuando algún adulto responsable se enterase y decidiera que la compañía de Jorge resultaba peligrosa para los chicos del colegio. Marga había respondido como una leona protectora y había adoptado al nuevo. En eso no se había equivocado el director.

Aún ignoraba Carlos que esa oposición no resultaría la peor para Jorge. Ni sospechaba el director lo débil de semejante protección, ejercida como una misión novelesca por Marga y sus dos espadachines.

LAS JORNADAS

Durante tres semanas todo transcurrió sin problemas, tan sólo unos cuantos compañeros, con Roberto a la cabeza, intentaron alguna vez hacerle la vida imposible a Jorge. Pero nadie iba contra Marga, que lo mismo te resolvía un examen que daba la cara por cualquiera en dirección; a Dani se lo rifaban las chicas, y era capitán del equipo de fútbol, o sea, popular entre todos. Carlos, el amigo de Dani, normal: uno más.

Lo único capaz de alterar tanta armonía se agazapaba en los celos a dúo con respecto al tiempo dedicado por Marga a Jorge. Carlos no recordaba a su amiga disponiendo de tantas horas desocupadas. Marga solía vivir colgada de una agenda repleta de compromisos parecida a la de una ejecutiva y «recibía» a los amigos en fines de semana, siempre que no coincidiera viajando a Estrasburgo con su madre. Ahora, o había estirado el tiempo, o había quemado la vieja agenda.

—Cada día me gusta más tu amiga.

—Y tuya —dijo Carlos sobresaltado por una confidencia de Dani sin preámbulos.

No quería saber. Prefería instalarse en la duda a la certeza de haber perdido todas las papeletas con la chica. La estrategia del caracol casi siempre resultaba eficaz.

—No me importaría nada que fuese algo más que amiga.

—¡Venga ya, Dani! Nunca te has tomado en serio a ninguna y las cambias a más velocidad que los calcetines.

—Me cambio más a menudo los calcetines, enano.

—¿Y son blancos?

Dani dibujó un gesto como si fuera a darle un puñetazo, pero acabó abrazando a Carlos y soltando una carcajada. Ana, la preciosa Ana, naufragaba en el olvido. Dani había cambiado y parecía capaz de realizar cualquier hazaña para lograr de Marga una mirada diferente, para dejar de ser el chico guapo cuyas neuronas sólo dibujan motos y caras bonitas. En el fondo, Carlos se engañaba al imaginar que debía proteger a Marga de aquel irresponsable capaz de hacerle daño.

La oportunidad para mostrar el cambio le llegaría pronto a Dani y tendría sus orígenes en la idea propuesta por el director de organizar unas jornadas sobre la tolerancia. El colegio dedicaría dos semanas, después de los exámenes del primer trimestre, a debatir entre todos, y contando con determinados conferenciantes, el problema de una convivencia capaz de respetar a todos en sus diferencias. Cada año se organizaban dos semanas en torno a algún asunto de interés. En principio, no sorprendió a nadie.

—¡Fíjate, Charly, vendrá Alfonso Gránate, el reportero que estuvo en Bosnia! —exclamaba Marga leyendo el folleto de actividades.

—Pues qué bien, y nosotros obligados a hacer cartelitos y tonterías similares como buenos niños que defienden la peregrina idea de que todos somos iguales.

—Roberto, eres una mala bestia.

La sombra de Roberto reflejaba un armario ropero. En el interior de su cabeza no lograba penetrar la idea de mirar a los demás como semejantes. Desde que Jorge había llegado al colegio se había dedicado a boicotearlo en todo cuanto estuvo a su alcance. Le hubiera gustado ser el jefe de una brigada de primates para imponer sus caprichos a fuerza de puños. Por suerte para el chico no había logrado oportunidades para darle gusto al boxeo, ni había contado con el apoyo de demasiados compañeros. Dani iba con el nuevo y, para empezar, ninguna chica de todo el curso cuestionaría las elecciones de Dani.

Pasaron los días anteriores a las jornadas trabajando hasta que cerraba el colegio. Los dos paladines se quedaban fundamentalmente para estar cerca de Marga. Ella había conseguido que Jorge colaborara en los carteles. Dibujaba casi como un profesional: resultaba original, un poco trágico y con marcada preferencia por los colores llamativos.

—¡Chico, eres mejor que Andy Warhol! —sentenciaba Marga mirando el último cartel colgado en la pared mientras se apoyaba en el hombro de Jorge, el cual no sabía muy bien cómo reaccionar.

Aquella pelirroja lo desconcertaba. Ni siquiera se atrevió a preguntar quién era el tal Warhol; para él, pintar paredes siempre había sido un modo de descargar parte del nudo que atenazaba su estómago casi desde el primer llanto.

—Mejor dejas a nuestras mujeres, ¡rata de chabola!

Todos se volvieron para ver al chico que había soltado semejante improperio. Todos menos Jorge, que permaneció sin moverse, pero cuyos músculos se tensaron de tal modo que Marga pudo sentirlos de acero en el hombro sobre el que inclinaba su cabeza. Fue ella quien miró al chico del insulto, caminó tres pasos hacía él con lentitud, lo repasó desde las botas hasta la cabeza rapada y le dijo.

—Ignacio, sigues siendo el mismo energúmeno que dejó el colegio el año pasado. Lo tuyo no han sido nunca las neuronas. —Bajó los ojos hasta las botas reforzadas con metal—. Y de tu fuerza física habría mucho que decir si te quedaras sin botas.

—Mira, mocosa...

No tuvo tiempo de continuar. Jorge se había colocado tras Ignacio y ahora tenía su brazo derecho rodeándole el cuello. Ignacio resultaba aparatoso por el corte de pelo, la guerrera militar cubierta de insignias y, sobre todo, por las botas reforzadas con metal, pero era Jorge quien parecía imponente sin necesidad de ningún uniforme. Mantenía la boca apretada y miraba con tanta intensidad como para paralizar cualquier movimiento defensivo.

—Jorge, créeme, no merece la pena. Lo de este fantasma es pura fachada y fanfarronería —atajó Marga.

—Ni te atrevas a insultarla.

Lo dijo en voz baja, pero con un tono tan grave que resultaba más amenazante que un grito. No escuchó ni a Marga ni a ninguna otra cosa salvo su propia rabia sorda. Ignacio sudaba y, tratando de que no se le notase, intentaba hacerse con la navaja escondida en un bolsillo de su chaquetón.

—Si sacas la perica te abro como a un cerdo.

Todos quedaron suspendidos de la escena, mirando sin atreverse a intervenir. Hipnotizados. Carlos y Dani no estaban y Marga lamentó no tenerlos cerca.

—Me parece, chaval, que te has equivocado de lugar. Tú ya no eres alumno.

Mariano, el profesor de matemáticas, hablaba desde la puerta mientras caminaba hacia los dos contendientes. Jorge mantenía su brazo derecho sujetando el cuello de Ignacio, quien había dejado de buscar la navaja y nadaba en sudores.

—Jorge, chico, mejor lo sueltas, sólo es un bocazas y tú podrías tener problemas.

—Siempre los tengo —aseguró el chico soltando, muy despacio, el brazo que parecía habérsele agarrotado.

—Sal de aquí, antes de que se me ocurra algo peor —aseguró Mariano mirando a Ignacio.

Éste se había puesto rojo como un tomate, se tocaba el cuello comprobando posibles lesiones mientras caminaba hacia la salida, de espaldas y sin dejar de mirar a Jorge. Cuando se supo suficientemente lejos, levantó el puño y gritó:

—Mi hermano Roberto estudia aquí, y no me gusta que se mezcle con gentuza peligrosa que huele a carroña. Yo sigo perteneciendo a esta comunidad y no dejaremos que vengan yonquis, gitanos, negros o cualquier otra rata a contaminarla. Y tú, ratero de mierda —dijo señalando a Jorge—, me pagarás esto.

Mariano abrió la boca, pero Ignacio salió corriendo. Cuando el ruido de sus botas dejó de oírse todos parecieron despertar del trance y se acercaron a Jorge y Marga, que le tomaba la mano. Una mano de acero, fría y húmeda.

—No te preocupes, siempre hay algún loco suelto.

—Mejor continuáis con lo que estabais preparando... Por cierto, ese cartel es una auténtica obra de arte, ¿quién es el artista? —preguntó Mariano.

—Jorge —dijo Marga sintiéndose orgullosa como si, a su vez, Jorge fuera una obra suya.

—Deberías estudiar arte.

En ese momento, Jorge soltó su mano de la mano de Marga y salió corriendo. No tuvieron tiempo ni de retenerlo ni de comprobar que lloraba.

Al día siguiente, Jorge no apareció por el colegio. El director había hablado con los responsables del centro de acogida, relatando la provocación sufrida. Jorge no quería volver y decidieron concederle unos días de tregua.

—¿Y si hablo con él? —preguntó Marga.

—Déjalo un par de días. El chico tiene su orgullo y necesita un poco de tiempo —opinó el director.

—Pues tiene gracia que salga él perjudicado cuando quien debería estar en un correccional es el bruto de Ignacio.

—Ése ya no está bajo nuestra responsabilidad, Marga.

—No, él no, ha dejado a su hermanito, que lleva camino de convertirse en una fotocopia del skin ese.

—Verás, somos los demócratas quienes tenemos que tener calma, por nosotros y por ellos. Hay gente que se siente demasiado insegura como para soportar a los demás en igualdad de condiciones, que necesitan un chivo expiatorio que cargue con sus culpas. Ignacio sólo sirve para dar patadas a otros más débiles que él...

—Y lo dejamos actuar con total impunidad.

—Tampoco es eso. Ignacio ha venido a provocar, a buscar una justificación para que todo se vuelva contra Jorge...

—Pero Jorge es inocente.

—Sí, aunque en una posición delicada. Si vuestros padres se enteran de que ha habido una pelea en el colegio, no tardarán ni dos horas en llenarme el despacho de protestas.

—Mi madre, no.

—Y algunos otros tampoco, Marga, pero no son mayoría.

—O sea que Jorge saldría perjudicado por simple mayoría. No está mal esa ley democrática.

—Marga, no trates de construir Roma en un par de horas. Destruir es sencillo y rápido, lo difícil es construir. Y ésa es la tarea de los demócratas: no responder a las provocaciones, ser un ejemplo de cordura...

—A mí eso de la otra mejilla nunca me pareció una postura demasiado inteligente.

—Aquí nadie ha puesto todavía ninguna mejilla. Que yo sepa.

—De momento. Pero a Jorge lo han amenazado y puede que Ignacio sea un pelele voceras, pero tiene amigos peligrosos, de esos que van en grupo haciendo ruido y que actúan por la noche. No sería su primera víctima

Y salió del despacho sintiendo que todo aquello era demasiado injusto; estaban preparando unas jornadas sobre la tolerancia y el primer resultado era que Jorge había sido insultado y amenazado. Herido en algún lugar no visible.

—¡Menuda gaita la coña de la democracia!

—¿Hablas sola?

—Más bien me cabreo sola, Charly, ¿qué haces aquí?

—Esperarte.

—Pues ya me tienes frente a tus narices, ¿qué quieres?

—Oye, oye, que yo no fui el que amenazó a Jorge. Te recuerdo que formo parte de sus escasos amigos.

—Perdona, pero estoy de un humor de perros.

—¿Dónde está Jorge?

—En el centro de acogida. Le han dado unos días de permiso. ¿A que tiene gracia?

—Ninguna.

—¿Dónde anda el guaperas de Dani? —Había rabia disfrazada de ironía en su pregunta—. Por lo visto, cuando tocan problemas, el niño se esfuma.

Carlos estuvo a punto de callarse. Era un buen momento para dejar a su amigo fuera de juego a la hora de conquistar a Marga. Tardó un minuto en sentirse como un gusano y otro más para explicar dónde estaba Dani.

—Está en el médico. Le tocaba revisión por lo de aquella enfermedad que tuvo, ¿recuerdas?

—¡Qué oportuna soy! Lo siento, Charly, supongo que me cabreo con quien no debo. Estoy preocupada.

—¿Por Dani?

—No, por ése no, nuestro amigo es como un gato con todos los boletos en el sorteo de la buena suerte; es por Jorge. Ignacio se marchó amenazándolo...

—No creo que pueda hacer nada.

—Esperemos que no.

A Carlos todo aquello le parecía desproporcionado. Jamás se había visto en una situación semejante. Las peleas que recordaba se vinculaban a los campeonatos de fútbol del colegio y eran puras bravuconadas con los chicos de otros centros. Amenazas, skins, chicos sentenciados... Era como haber entrado en la película de aquel sábado. Y ni siquiera estaba Pfeiffer para echar una mano.

Marga aprovechó la cena en su casa para soltar un mitin a su madre, que, aunque le daba la razón en el hecho de sentirse indignada, apoyaba la postura del director: la paciencia de los demócratas como ejemplo para los violentos.

—Sabes, mamá, me temo que nuestra calma sólo sirve para que esos cabezas rapadas se sientan seguros, se crezcan y refuercen sus botas.

—¿Prefieres actuar como ellos? Porque no veo ninguna otra salida.

—Prohibirlos.

—Pues mira, ya puestos, prohibimos la envidia, la mezquindad, la soberbia... Podemos empezar por prohibirlos a ellos para convertirlos en héroes y más tarde prohibir a las pelirrojas porque son un peligro para la moral. —Intentó hacer un chiste que no encontró eco en su hija—. Es muy difícil no caer en la trampa de ser como ellos, Marga. A mí también me apetece, más veces de las que piensas, volverme radicalmente intolerante con determinados asuntos.

—A ver si hacéis algo en Estrasburgo.

—Algo hacemos, pero lo más complicado queda siempre para el ciudadano de a pie, chiquitina, para gentes como tú y tus compañeros... Por cierto, ¿qué tal Dani?

—¿A qué viene eso?

Y Marga se puso más roja que un tomate maduro. Lo de su madre, algunas veces, parecía cosa de brujería. Ni ella misma quería reconocer que Dani empezaba a ser mucho más que un amigo y se descubría pensando en él en medio de cualquier cosa. Su madre hacía la pregunta del modo en que las madres inquieren cuando sólo desean confirmar sus sospechas. No dejaba de resultar revelador que, al echarlo en falta, hubiese querido imaginarlo escurriendo el bulto del problema. El chico guapo y frívolo parecía cambiado y no encontraba el modo de volver a encajarlo en la casilla de impresentable sin neuronas. Incómodo; así se había vuelto Dani para ella.

—A nada, es sólo que me parece un chico muy guapo —respondió su madre.

—Y más bien tonto —casi se arrepintió de decirlo.

—¿De verdad?

—Ay, mamá, no tengo ganas de hablar de tonterías.

En realidad no soportaría descubrir que Dani alteraba sus nervios. Había caído en el hechizo del chico que miraba como Brad Pitt y actuaba convencido de ser el mejor partido para una cita. Justo lo que ella más detestaba.

—Estaría bueno que yo cayera en la misma trampa que todas.

Nadie era tan diferente como imaginaba. Todos se parecían, incluso en los prejuicios. ¿No era mucho más atractivo Jorge? Seguro. Pero le faltaba ese encanto indefinido reservado para los pillos de buena crianza.

Ella no rechazaba a Jorge, pero, a veces, pensaba que tanta buena voluntad por integrarlo podía vincularse con cierto complejo de culpa por no mirarlo en igualdad de condiciones.

—¡Con un poco de mala suerte, acabaremos siendo todos racistas en algún grado!

Decidió darse una buena ducha.

Cuando Marga se metió en la cama, sus pensamientos no fueron para Jorge, ni para las amenazas, ni para el cartel impactante que colgaba en la sala que se llenaría de conferenciantes, donde estaría Alfonso Gránate, el periodista que se parecía a Harrison Ford cuando actuaba de Indiana Jones. Fueron para Dani, el chico de ojos impresionantes y sonrisa de cine. Ni quería ni podía pensar en otra cosa.

—¡Pues sólo me faltaba haber caído en las redes del ligón ese!

Y había caído, pero dejó de rebelarse contra algo por primera vez no controlado y capaz de romper todos sus viejos y seguros esquemas.

Al día siguiente, tras las clases, los grupos de trabajo continuaron con la preparación de las jornadas. Marga miraba el póster dibujado por Jorge y pensaba que había en él más de artista que en muchos reputados pintores asiduos invitados en su casa, siempre dando lecciones sobre arte y modernidad. El dibujo resultaba turbador: un chico mulato trataba de soltar sus manos de unas argollas mientras tres muchachos, que parecían tres copias de Ignacio, se reían. Pero había algo más en el dibujo, algo inexplicable con palabras, que iba más allá de los cuatro protagonistas. Jorge había logrado plasmar la desolación del muchacho que intentaba liberarse, como si hubiera algo en su mirada y en el aire anaranjado que lo rodeaba capaz de explicar mucho más que un largo discurso sobre la desesperación. Justo eso: desesperación, la de alguien que ignora las razones de las cadenas y no consigue librarse de los grilletes.

—Es un autorretrato —murmuró Marga mirando aquel póster. Una acusación en toda regla.

—Lamento no haber estado aquí ayer.

—Caray, Dani, avisa cuando te acerques.

—Estabas demasiado ensimismada mirando el dibujo.

—Es muy bueno.

—Reconozco que sí. —Se mordió la lengua para no soltar los celos que le provocaba aquella admiración—. ¿Qué pasó?

—¿No te lo contaron?

—Sí, pero me falta tu versión.

—Pues nada, que hemos de aprender a ser tolerantes con los violentos para que Jorge no tenga problemas, porque, por mucho que intente evitarlo, los problemas lo persiguen como una maldición...

No pudieron continuar. Se oían ruidos, golpes y gritos. Parecían las hordas de Atila entrando en el colegio sin bajarse de los caballos.

—¿Qué demonios...?

Dani no pudo terminar la pregunta: uno de los encapuchados que entraba en ese momento le dio un puñetazo en la nariz que lo tumbó y lo dejó fuera de combate.

—A ver cómo te defiendes ahora, zorrita protectora de marginados —amenazó, dirigiéndose a Marga.

EL REGRESO DE JORGE

Carlos recuerda aquella tarde como una pesadilla incompleta, como si le faltaran datos del sueño que no sabe si desea recordar o trata de olvidar como se olvida un suspenso en mitad del verano. La vida comenzó a funcionar a velocidades vertiginosas, incontroladas. Nada volvió a ser como antes, ni siquiera cuando sus vidas recuperaron la apariencia normal.

Las alas de la mariposa habían llegado al tranquilo lugar donde habitaban, convirtiendo el aire en un tornado que los envolvía y les impedía ver dónde se encontraban realmente.

Habían entrado en el colegio diez o doce, nunca quedó muy claro el número, escondidos tras los uniformes de camuflaje y los pasamontañas, seguros dentro de sus botas, armados con porras y navajas. Aprovecharon los primeros momentos de sorpresa y antes de que nadie pudiera reaccionar, mucho antes de que aparecieran los primeros coches policiales, todo se transformó en una pesadilla.

Preguntaron por Jorge. Estaba claro que venían a

buscarlo. Pero también pretendían hacer pagar la osadía de Marga. El grueso de la furia lo descargaron sobre los muebles, los carteles de las paredes, los cristales y hasta el ordenador del despacho de tutoría que encontraron abierto. Dani recibió un puñetazo y algunos otros chicos recibieron un impacto de porra o algo parecido a un golpe de kárate, pero a quien realmente machacaron fue a Marga. Y si en aquel momento no hubieran entrado el director y dos profesores, la paliza habría resultado mortal.

Carlos se recordaba a sí mismo aporreando, con más rabia que fuerza, la espalda de aquella mole que golpeaba a su amiga, recordaba la rabia estrangulando su garganta y casi cegándolo. Recordaba que Marga, en lugar de quejarse, aún tenía agallas para insultar al encapuchado y pedirle que mostrase «su cara de gallina». Tan sólo por momentos pensaba que aquello no estaba pasando, que él no era Charly, el estudiante de aprobados por los pelos, fanático coleccionista de carteles de motos mientras soñaba con un permiso para tener una Honda-500 en propiedad. Aquello correspondía a otra vida, a otra película en la que alguien lo había introducido por error, pero de la cual no encontraba salida.

Se recordaba gritando insultos. Recordaba haber visto a su amiga demasiado quieta y al director comprobando sus latidos. Recordaba haber hecho promesas a algún Dios de la infancia, ofreciendo pequeños sacrificios ingenuos para que ella siguiera viva, para que todo fuera un mal sueño. Recordaba, sobre todo, la sensación de impotencia, de hoja suelta navegando entre corrientes de aire.

«Tengo que despertar. ¡Que alguien me despierte, por piedad, que se termine la pesadilla!»

Y las horas que siguieron se sucedieron como imágenes de una película descontrolada. Marga herida, Marga sin hablar. Y Dani despertando, con el tabique nasal roto y sin entender. Como dos ciegos que, al abrir los ojos, no acaban de cuadrar lo visto con lo recordado.

Acabaron en el hospital, con los padres alarmados, preguntando qué había pasado, reclamando atenciones inútiles. Carlos apenas tenía un par de moretones y lo de Dani se solucionaba con un vendaje y un par de semanas. Mucho peor diagnóstico merecía lo de Marga.

—No puedo entenderlo. No es posible que esto nos esté sucediendo a nosotros... —repetía el padre de la chica como si también él hubiera sido sorprendido en medio de una pesadilla ajena. ¿En qué se equivocaron para que su hija terminara atendida en la sala de urgencias de un hospital?

Carlos sintió, por primera vez, que los adultos, los conocidos desde siempre: sus padres, los padres de sus amigos, el director del colegio..., no servían, al menos esta vez, como muro contra las desgracias. Se les había colado la vida real por entre las rendijas de tanta seguridad comprada y no sabían qué hacer con ella.

Durante unos días, el furor de la fama alcanzó al tranquilo colegio. Alfonso Gránate, el periodista invitado a las jornadas, dio buena cuenta de la agresión. Se mantuvo bajo los focos de la actualidad tres o cuatro días, luego llegaron otras noticias de primera página. Pero, para los tres amigos, los hechos se archivaron en la primera página de sus vidas durante mucho tiempo.

La burbuja había roto sus paredes de cristal y no contaban con instrumentos capaces de guiarlos en mitad de la tormenta.

—Las ideas y las fórmulas, al igual que los recuerdos, conviene dejarlos en reposo...

Carlos se quedó mirando a Mariano. El profesor se había sentado a su lado, limpiaba sus gafas y hablaba como si él pudiera entenderlo. Se sorprendió mirando de forma diferente al «tipo raro» que había sido siempre el profesor de matemáticas.

—Pero esto no es una idea, ni una fórmula, ni siquiera un recuerdo... ¡Ella está ahí, llena de tubos, y no sabemos si volverá a ser la misma alguna vez!

Necesitaba enfadarse. Necesitaba que las palabras rompieran el dique levantado en su interior. De alguna manera, el profesor sentado a su lado le servía de blanco a los disparos de toda la ira contenida.

—Esto ya es un recuerdo. Lo que vivimos se convierte en recuerdo un segundo después de vivirlo...

—¡Y una mierda!

—Está bien, enfádate. Eso es bueno, muchacho.

—¡No me venga con monsergas!

—Eres demasiado joven para entender que todo sucede por alguna razón, que nada de lo que hemos vivido ha sido gratuito.

—¡Ah, sí! O sea que han machacado a una chica estupenda para que aprendamos algo. No era necesario, todos sabíamos que hay grupos de skins en la calle.

—Sí, lo sabías tú, lo sabían tus compañeros, incluso tus padres. Pero eso sucedía «en la calle», es decir, en otro lugar, ¿verdad? Verás, muchacho, la vida es algo muy parecido a un pespunte...

—¿Un qué?

—Puntadas de hilo cosidas de forma alterna. Somos incapaces de ver la anterior y la siguiente porque hay un vacío entre ambas, pero todo sucede porque es necesario, porque necesitábamos vivir esa experiencia.

—No me lo creo.

—Has vivido poco. La vida es un enigma que sólo a ratitos logramos entender medianamente.

Como en una película, estuvo a punto de contestar. Se parecía a contemplar en las noticias escenas de violencia en África. Se sabía, pero se desconocía el olor del miedo, del hambre, de la violencia ejercida sobre alguien querido. La vida contenía olor, y se trataba de un olor que producía miedo, mucho miedo.

—Las fotografías no huelen, Charly, y la vida, para entenderla, hay que olfatearla.

Y apestaba. La vida olía fatal. Ellos crecían excluidos de ese perfume, rodeados de árboles, vigilados por las ardillas inquietas y custodiados por coches de seguridad y guardias uniformados que los saludaban al reconocerlos. Ellos eran hijos de padres capaces de levantar un cristal antibalas delante de sus adolescencias para evitar cualquier rozadura.

—¡Jorge!

Se levantó de golpe. Jorge estaba allí, con la mandíbula apretada y aquella mirada fría que helaba la sangre. Estaba solo, tal vez fugado del centro de acogida.

—¿Cómo sabes...?

Jorge sí conocía el olor de la vida, contaba con la capacidad de escuchar el ruido de la desgracia, de ventearla, a varios kilómetros de distancia. Al igual que los animales aprenden a barruntar los huracanes, Jorge había aprendido a presentir peligros y desgracias para poder defenderse. O al menos para hacerles frente con los puños apretados.

—¿Cómo está?

Sobraban las palabras.

—Los médicos tienen esperanzas, muchacho —aseguró Mariano rodeando con un brazo los hombros de Jorge.

—¿Puedo verla?

No movía un músculo más de los necesarios para que sus palabras salieran por su boca como disparos secos. No rechazó el brazo del profesor, pero la tensión mantenida por sus músculos servía como suficiente barrera.

—Nadie puede verla, Jorge. Al menos de momento.

Carlos había olvidado los celos sentidos en algún

momento. Por primera vez desde que lo conoció, desde que se obligó, por amistad a Marga, a ser cortés con el chico nuevo, se sintió cerca de aquel dolor sólo manifestado por su rigidez.

—Bien.

Y se fue. Sin prisas, sin despedirse. Caminaba con la seguridad de quien sabe exactamente adónde va. Nadie intentó detenerlo.

Carlos siempre se preguntó si hubiera sido posible evitar lo que vino después.

—¿Qué hace ése aquí? —preguntó Dani acercándose a Carlos y Mariano.

—Ha venido a saber cómo estaba Marga —dijo Carlos.

—Estaría bien si no fuera por su culpa.

—¡Eres un estúpido! —Carlos miró a Dani, el chico guapo del colegio, como si lo viera con ojos diferentes. Deseaba que, al menos, el golpe en la nariz le hiciera perder algo de su viejo encanto—. ¿Acaso fue él quien le sacudió la paliza, cretino?

—Si él no hubiera venido no habría sucedido nada.

—Claro, y si construyéramos una ciudad para nosotros solitos, tampoco tendríamos que soportar la presencia de tanto miserable... ¡Como ellos no usan el mismo perfume que tú!

—¿Qué coño te pasa, chaval? ¿Te pones de su parte? ¿Tú de qué vas, tío?

—De nada. Ni siquiera llevo calcetines blancos.

Carlos salió corriendo de allí. Le dolían las palmas de las manos: había apretado tanto los puños que las uñas le habían provocado heridas. Se sentía mal. Todo le daba vueltas. Dani había sido su amigo desde el parvulario y sin embargo, en esos momentos, sentía que aquel chico de nariz vendada le parecía un extraño. Marga estaba llena de tubos y se desconocía lo que pasaría con su cabeza. Y él, ni estaba en el bando de Jorge ni quería estar en el de Dani. Navegaba a la deriva y sólo tenía ganas de correr, de gritar...

—¡Charly!

Había tropezado con Beatriz, su hermana pequeña. Casi la tira al suelo y ahora la miraba como si tampoco lograra reconocerla.

—¿Se sabe algo nuevo de Marga?

—Aún no.

—Ven, vamos a tomar un refresco.

Y se dejó llevar. Beatriz tenía trece años, pero en aquel momento, mientras lo tomaba del brazo y lo sacaba de aquel lugar como si conociera la salida del laberinto, le pareció mucho mayor. Se sentaron en una cafetería llena de enfermeras y familiares de pacientes. Su hermana no dijo nada. Lo miraba y esperaba.

—¡Ese tío es un imbécil!

—¿Dani?

La miró sorprendido. ¿También ella sabía cosas que él desconocía? ¿En qué burbuja de cristal había vivido hasta entonces para no enterarse ni siquiera de cómo era su hermana?

—Ni más ni menos que todos los compañeros del colegio, Charly. Tú y yo incluidos.

—A mí no me mezcles.

—¿Has tomado conciencia en unas horas o sigues siendo el chico que colecciona pósters de motos, está enamorado de la Pfeiffer y me mira como si fuera una mocosa?

¿Quién era él para juzgar a Dani? Miró a su hermana como si la descubriera. No se deja de ser de golpe lo que uno ha sido durante diecisiete años.

—A veces se cambia en un minuto, Charly.

—¿Me lees los pensamientos?

—Tal vez estemos pensando lo mismo, ¿te sorprende?

—Pues sí.

—Ya, las hermanas pequeñas sólo sirven para molestar. Dani no es mal chico. Es como tú, como yo. Ni somos unos skins ni unos santos. No hemos vivido la vida de Jorge ni hemos elegido la nuestra.

—¿A ti quién te enseñó todas esas cosas?

—¿Qué sabes realmente de mí? Aparte de lo mucho que te incordio cuando me cruzo contigo por los pasillos de casa, claro.

—No estoy para más monsergas, Bea.

—Pues yo diría que estás en el mejor momento. En eso tiene razón mamá cuando dice que si nos colocamos al borde de un precipicio y detrás hay un incendio, no queda más remedio que aprender a volar.

Carlos miró a su hermana como si no la hubiera

visto jamás. Era cierto que su madre decía eso, pero no solía prestar demasiada atención a cuanto decían en casa. A fin de cuentas, los padres son un poco rollo y se pasan la vida dando consejos y preocupándose de dónde has pasado la tarde del sábado.

—Aprender a volar —murmuró a modo de conjuro.

No tenía ganas de volver a casa. En realidad no tenía ganas de tropezarse con aquella imagen de sí mismo que hasta su hermana pequeña podía ver. Buscó una cabina telefónica y llamó a casa.

—Mamá, soy Charly.

—¿Has visto a tu hermana, cómo está Marga, estás bien...?

—Las preguntas de una en una, por favor, que tengo la cabeza muy espesa. Acabo de estar con Bea, se iba para casa. Marga sigue en observación, pero no creen que sea grave. Me gustaría quedarme un rato más con ella. Bueno, cerca, porque no dejan entrar en la habitación. Están aquí sus padres, les hago compañía y después voy a casa. ¿Vale?

—No tardes mucho, cariño.

—No, seguro que no.

UNA CONVERSACIÓN PRIVADA

—Charly, eres muy amable quedándote, cielo, pero no es necesario —aseguró la madre de Marga saliendo del cuarto de su hija.

—No importa, no tengo mucho que hacer. —Por un momento pensó que ya no tenía importancia casi nada, que nada decisivo lo esperaba lejos de aquella habitación—. Además, mañana es sábado. Si quieren pueden bajar a tomar algo a la cafetería. Yo espero a que regresen y luego me despido de Marga, ¿puedo?

—No creo que le haga ningún daño. —Era su padre quien hablaba, desde un cansancio caído encima como los golpes a su hija: de repente y sin aviso—. Está despertando del efecto de los calmantes, tiene sueño, pero controla bien, se dice así, ¿no?

—Bueno, pero sin que los médicos se enteren. Ellos tienen razón en que lo más conveniente es que descanse, aunque por un saludo no pasará nada.

—Gracias.

—De nada, Charly, si casi eres de la familia. Según Basi, meriendas más veces en nuestra casa que en la tuya.

—Soy un gorrón.

—¡Ojalá todos fueran como tú! —A Carmen se le llenaron de nuevo los ojos de lágrimas.

—Venga, Carmen, vamos a la cafetería, aprovechando el ofrecimiento de este buen mozo. Necesitas tomarte algo.

Carlos se quedó solo en la pequeña sala situada justo frente a la habitación de Marga. Miró el reloj: las siete y media. Todo parecía haber quedado paralizado. Faltaba una hora para servir las cenas, se había terminado el tiempo de las visitas y el lugar parecía vivir en un paréntesis de silencio expectante. No los oyó llegar hasta verlos parados a la puerta de la habitación donde descansaba su amiga. Uno era Jorge, el otro era un niño, al menos por la estatura, mal vestido y cuyo olor a humo de hoguera y mugre lo rodeaba como un aviso anterior a su presencia. Se quedaron escuchando tras la puerta, luego Jorge habló algo con el que parecía un niño, éste se encogió de hombros, esperó a que Jorge entrara en la habitación y se metió en la misma sala de espera donde estaba Carlos.

El chico lo miró con recelo, preparándose para escapar si atacaban. Debía de estar acostumbrado a las huidas y a ser recibido con golpes. Charly miró su cara sucia, los bolsillos rotos de sus pantalones, sus camisetas superpuestas y con restos de difícil identificación, la cazadora de falsa piel, tres o cuatro tallas superiores a la suya y desgarrada en un hombro. Le hubiera gustado saber qué relación lo vinculaba con Jorge, pero resultaba mayor la curiosidad por saber qué estaba pasando en la habitación de Marga. Salió y fingió dirigirse a los lavabos para que el chico no diera la alarma a Jorge. Cuando creyó que el otro estaría confiado, se fue acercando hasta la puerta de la habitación.

Abrió intentando no hacer ruido. La estancia estaba en penumbra, tan sólo un par de luces muy tenues. La cama de su amiga permanecía rodeada por una cortina y tras ella podía verse, además de la cama, una figura de pie, a su lado, tan absorta que no se percató de la entrada de Carlos.

—Te empeñaste en convencerme de que era posible... —La voz de Jorge estaba quebrada, como si contuviera las ganas de llorar y no lograra conseguirlo—. Estuve a punto de creerte, tía. ¡Joder, a quién no le gustaría darle una buena tunda al destino que le tocó en mala suerte!

—Jorge, no puedes darte por vencido, porque entonces ganarían ellos.

La voz de Marga sonaba muy débil, como si luchara contra un sueño que aplastaba las palabras.

—¿Ganarían? ¡En qué planeta vives, tía, ellos ganan siempre! Esto no es una película, y tú no eres la Pfeiffer...

—Ya, soy sólo una imbécil con buena voluntad, ¿no?

—Eres una buena chica que se equivocó de rollo.

—¿Y cuál es mi rollo, Jorge? No, espera, no me lo digas, que esa lección me la sé. Soy una niña pija que vive en una urbanización de ricos, que no tiene problemas y que mata su aburrimiento y redime su mala conciencia jugando a ser algo parecido a una monja laica. ¿Voy bien?

Se creó un silencio denso. Carlos comenzaba a sentirse culpable por estar allí, agazapado como un mal espía. Aquello era como introducirse en una conversación telefónica privada, leer una carta de otro, o espiar por la mirilla. Le parecía justa la rabia de Jorge. Tal vez todos fueran «buenos» porque no costaba demasiado serlo, porque incluso te daba buena imagen. Ni Dani ni él se habrían ocupado del chico nuevo llegado para poner a prueba un plan de inserción escolar, de no andar mediando en la historia Marga. Incluso para su amiga podía ser más fácil jugar a buena samaritana que comportarse como una Ana cualquiera. Ellos podían elegir, otros caminaban sobre marcas decididas de antemano. Jorge podía ser injusto con la chica, pero había mucho de cierto en sus palabras.

—Te puedes enfadar si quieres...

La voz de Jorge sonaba ronca, como si le llegara desde muy lejos, desde algún cansancio antiguo

—Lo más chungo de todo es que estoy aquí, peleándome contigo porque no puedo hacerlo con quien debiera...

—Déjalos, Jorge, no pueden traerte nada bueno.

—A mí ya nadie me puede traer nada bueno.

—¿Y para qué nos esforzamos los demás? Todo resulta inútil porque tú eres el primero en rendirte.

—Pero, tía, ¿no te das cuenta de que nací pringao, vivo pringao y moriré pringao? Con suerte, tendré un minuto de gloria para mí solito...

—Un héroe de película, ¿a cambio de qué?

—Marga, vamos a ver si te enteras. Según los informes, mi viejo era un borracho sin trabajo, un pendejo, vaya. Y es cierto que estaba colgao como un mono del árbol, pero ¿sabes lo que recuerdo de mi viejo?

El chico hacía ruidos con la nariz tratando de sorber las lágrimas para impedir que la chica lo viera llorar. Claro que, con aquella escasa luz y los efectos de los sedantes, probablemente Marga no lograra distinguir los ojos llorosos de Jorge.

—Lo recuerdo llorando sobre la mesa porque a mi madre le había dado uno de aquellos ataques que no atendía ningún médico porque hasta eso era un lujo, y que le hacían echar espuma por la boca como si fuera un caballo reventao... No había nada en la chabola, salvo piojos y mucha hambre y una mujer tumbada soltando espuma por la boca y un hombre que lloraba porque no sabía que yo lo miraba.

Carlos tuvo la impresión de haber pasado al otro lado del espejo, a ese lugar de la realidad para la cual nadie le había dado billete de entrada.

—Ése era mi viejo, el mismo que en los informes consta como alcohólico sin trabajo fijo y atracador de tiendas...

—Lo siento.

—¿Qué sientes, tía? ¿Sientes que la vida de otros

sea una mierda o que toda tu buena voluntad no sirva para nada? Nunca hubo buena voluntad capaz de salvar a mi madre de aquella locura con espuma, ni de la muerte; nadie libró a mi hermano pequeño de un orfanato y ningún juez encontró atenuantes para evitar la cárcel a mi viejo.

—Estoy muy cansada, Jorge.

—Tienes razón. Este rollo es sólo mío. En realidad venía para despedirme...

—¿Adónde vas?

—Eso ya no te concierne. ¿Has visto qué bien hablo después de tus clases?

—Jorge, por favor, ¡no hagas ninguna locura!

—Ya las he hecho todas.

Carlos temblaba escondido en un rincón. Todo parecía perdido de antemano, como los gestos necesarios para evitarlo, aunque alguien tuviera fuerzas para intentarlos.

—Marga, ¿puedo pedirte un favor?

—Sabes que sí.

—Recuerdo un cuento en que un príncipe cobarde recibía el beso de una princesa y se volvía valiente y fuerte de golpe... Yo no soy un príncipe, pero me gustaría darte un beso...

—Ven.

Carlos notó dos lágrimas corriendo por sus mejillas, no eran celos sino piedad por el triste guerrero de la chabola que lanzaba insultos a las sombras o al destino, y miedo, mucho miedo. Pasaron un par de minutos eternos hasta que oyó los movimientos de Jorge. Temió que lo viera escondido y lo tratara como a un espía escuchando algo prohibido. Lo vio pasar junto a él; por un momento se creyó sorprendido cuando el perfil de Jorge se volvió hacia el rincón donde estaba escondido...

—¡Adiós, Marga! Pagarán por lo que te han hecho, aunque sea lo último decente que haga en mi puñetera vida.

—¡Jorge!

El grito de Marga hizo que el cuerpo alto y flaco del chico temblara, pero no retrocedió, ni siquiera se cuestionó lo que iba a hacer. Carlos cerró los ojos en un intento infantil por no ser visto. Por no ver.

La habitación quedó poblada de malos presagios. A Carlos se le habían dormido las piernas y le costaba moverse. Medio a gatas, se acercó hasta la cortina que cubría el lecho de su amiga, la apartó lentamente y pudo verla, con los ojos cerrados y los puños apretados. Le resbalaban por el rostro lágrimas de impotencia. Aquél debía ser el momento del llanto que ni siquiera se compartía.

Esperó fuera a que regresaran de la cafetería los padres de Marga para marcharse. Estaba tan cansando como si hubiera luchado contra un ejército de fantasmas. Le dolía la mandíbula de tanto apretarla y las piernas aún no le respondían con firmeza.

—Gracias, Charly, ¿alguna novedad?

—No, ninguna, señora.

Ninguna. Nadie tenía derecho a entrar en la privada escena del guerrero harapiento solicitando un beso de alivio. Jamás contaría el encuentro de un príncipe desahuciado con la princesa herida, ni hablaría de la ternura capaz de rescatar el valor perdido.

Siempre se preguntó si su postura de dejar pasar, de no querer enterarse, había servido como cómplice para todo lo que vino después. Jorge había tomado su propia decisión y todos tenemos algún destino señalado del cual nadie puede redimirnos. Al menos eso parecía decirle al oído ese sentido común donde habitaba con relativa tranquilidad. Otras veces, las palabras que no dijo en su momento, las de todos los avisos que debió dar, se transformaban en una bola de fuego atenazando su garganta.

Hubiera bastado un gesto para convertir el futuro inmediato en una posibilidad incumplida. El póster de Pfeiffer, arrugado y olvidado, le recordaba la imposibilidad de borrar el tiempo, la evidencia de que los caminos decididos una noche jamás pueden retrocederse.

Al día siguiente, cuando Dani fue a buscarlo a su casa para acercarse juntos a ver a Marga, bastó una frase de su amigo, una frase intrascendente, para enzarzarse en una pelea a puñetazo limpio, como las primeras palizas en la guardería por la propiedad de algún juguete.

—¡Eres un pijo, Dani, un pijo egoísta de mierda!

—¿Se puede saber qué pulga te ha picado, enano?

Los dos se miraban sin reconocerse, Dani con las narices goteando sangre por debajo del vendaje y Carlos con una ceja hinchada. Trabados en mitad de una pelea cuyo origen no entendían porque Dani ignoraba lo sucedido en el cuarto de Marga.

—Tendrás que ir a cambiarte. No creo que te guste aparecer con esta pinta delante de Marga.

—¿Tienes celos?

—¿De ti? No me jorobes, chaval. Por mí como si os hacéis novios formales. Lo que me revienta es esa postura tuya de rey del mambo con que vas por la vida, como si fueras el mejor producto del mercado.

—¡Déjalo, Dani! —Bea apareció sin ser vista y trataba de contener la rabia de su hermano—. Mejor habláis cuando todo esto haya pasado. Ayer Charly estuvo en el hospital y parece que Marga no se encontraba demasiado bien.

—¿Ha empeorado?

—No, hombre, pero parece que será más largo de lo previsto. Anda, ve a casa a cambiarte. Charly y yo iremos juntos al hospital más tarde.

—¡Que te den morcilla, guaperas! —gritó Carlos soltándose de su hermana y entrando en casa.

En realidad, hubiera querido lanzar puñetazos al mundo entero, a todo cuanto había sido su mundo hasta entonces y que parecía haber entrado en un cataclismo. No había sido justo con Dani, pero la vida tampoco se mostraba muy justa con casi nadie.

No hacía pie, se hundía en algún pantano desconocido y notaba el cuerpo cansado. «Yo también necesito un beso de la princesa», murmuró mientras subía la escalera de dos en tres y recordaba la escena espiada en el hospital.

Se encerró en su habitación y lloró toda la impotencia anudada en su estómago. No logró sentirse mejor, pero al menos la rabia había cedido.

UNA VISITA AL INFIERNO

Pasaron dos semanas durante las cuales todos trataron de reencontrar el perdido camino de la normalidad. Las paredes del colegio fueron convenientemente limpiadas y pintadas, los muebles y cristales rotos sustituidos. Al principio, todos hablaban de la tarde y las horas dedicadas en los medios de comunicación como de una hazaña colectiva. Después, la normalidad, o al menos algo parecido, se instaló de nuevo con la rutina. La dirección, de acuerdo con los padres, acordó contratar a una empresa de seguridad que enviaba un guardia jurado para comprobar la entrada sólo autorizada a personal y alumnos del centro y evitar así futuras sorpresas.

Todos trataban de reforzar las barreras para proteger a los privilegiados adolescentes de una realidad cercana físicamente pero la cual trataban de imaginar en las mismas antípodas. A Carlos, las nuevas medidas lo crispaban.

—Es como tratar de contener un río, Bea. —Ahora hablaba más con su hermana.

—Hasta que un día de lluvia lo desborda y asalta los cuidados jardines. Pero gentes como nuestros padres están tranquilos así. En realidad, no saben nada de ríos.

—Ya.

Marga salió del hospital con el único recuerdo de un collarín que aún debía llevar un par de semanas. Carlos sintió cómo la tensión acumulada tras aquella conversación de Jorge con la chica se disolvía. No había pasado nada. Tal vez todo hubiera sido una fanfarronada del chico para evitar el ridículo frente a Marga. Tal vez tardara años en llover lo suficiente como para desbordar las aguas del río contenido.

Lo sucesos de aquella tarde parecían haberse esfumado de la memoria colectiva. Tan sólo Roberto se dio de baja en el equipo de fútbol porque Dani, delantero centro del mismo e ídolo indiscutido, consiguió volver a todos contra él y a los pocos minutos de cualquier partido terminaba con una pierna dolorida por una patada y con una recomendación susurrada mientras fingían ayudarlo a levantarse.

—Y mejor te callas, sabandija, porque si te chivas, lo de la patada será poco para lo que te haremos.

No fue fácil para Carlos y Dani recuperar la vieja amistad. Entre los dos parecía haberse abierto una grieta imposible de cerrar ni con la mejor voluntad por ambas partes. Aun ahora, años y vivencias después, su relación oscilaba entre algo parecido a la cortesía y la añoranza por lo que fueron. Algunas amistades se refuerzan con los años; otras, se van distanciado como caminos divergentes.

Ninguno encontraba razones con suficiente consistencia para romper su vieja camaradería, pero los dos notaban que nada era como antes. Mientras se compartieron vídeos, pósters o confidencias menores, todo marchó sobre ruedas; enfrentados a algo diferente, cada uno se limitó a ser quien era y eso fue suficiente para separarse. Quedaba el viejo cariño, incondicional y para siempre.

Jorge no regresó. El director se limitó a decir que, de momento, quedaba suspendido el plan de integración. Jorge necesitaría un período de reflexión indefinido antes de poder regresar.

—¿Por qué? Él no hizo nada.

—Las normas no son mías, Marga, vienen directamente de los responsables del plan de integración.

—O sea que una pandilla de brutos que debería estar en un correccional montan un gran bollo, y quien paga el pato es alguien sin pizca de culpa.

—Podría ser peligroso para él.

—¿Y por eso nos ponen guardias de seguridad a nosotros? ¿De quién nos protegen, de la pandilla esa de violentos o de la miseria de Jorge?

—No seas drástica. Yo dirijo un colegio, ni un correccional ni una ONG.

—Tengo la sensación de estar siendo cómplice de algo que apesta.

Carlos padecía la misma sensación, pero a él no le salían tan bien los discursos como a Marga. La había acompañado hasta el despacho del director, más por limpiar su conciencia que por creer en posibles soluciones. Jorge tenía razón: a él siempre lo señalarían como culpable. Dani se limitaba a ser una sombra silenciosa, como si temiera que una frase o incluso una sonrisa, pudiera separarlo definitivamente de Marga. Colaboraba boicoteando a Roberto en el equipo de fútbol, pero no estaba enteramente convencido de que el regreso de Jorge a su mundo fuera la mejor solución.

Trataban de dar por pasada la tormenta y se instalaba de nuevo la normalidad, pero las cosas no volvieron a ser las mismas. Los padres protestaban y parecían vigilar las decisiones del centro con lupa, dispuestos a que sus hijos no volvieran a convivir con un chico capaz de causar problemas. No tenían nada contra él, aseguraban, pero sí a favor de la tranquilidad de sus hijos. Jorge había sido una vacuna de realidad en el organismo de sus retoños, pero no estaban dispuestos a que lo padecieran como una enfermedad crónica. El director se negó a expulsar oficialmente a Jorge y trató de convencer, a los demás y a sí mismo, de que sólo se trataba de un tiempo para olvidar la intromisión de los violentos. Marga no lo creía, no por falta de buena voluntad en el director, sino por las numerosas presiones; con mucho, la peor de todas radicaba en la presencia de los guardias de seguridad.

—¡Y llevan armas! —casi gritaba cada mañana

Marga, alérgica a los uniformes y a sentirse vigilada.

—Se supone que ellos nos protegen —contestaba Dani—. Después de lo que pasó no pretenderás que nos quedemos de brazos cruzados.

—Ya puestos, podrían darnos a todos permiso de armas, ¿no te parece?

—No seas drástica.

—Eres el segundo que me lo dice en poco tiempo, chaval. Llegarás lejos.

—Tiene madera de yupie —soltó Carlos, que no podía evitar las pullas contra Dani—. Incluso podría llevar pistola, porque al chico jamás se le cruzan los cables y no resultaría peligroso.

—Pero, bueno, ¿qué tripa se te ha roto conmigo, tío?

—Mejor dejarlo. Lleváis una temporada como dos gatos peleados por un lugar en el tejado.

—¡Eh, tú, alto, aquí no puedes entrar!

El grito del guardia de seguridad hizo que los tres amigos se volvieran para ver justo cómo éste trataba de impedir la entrada de Jorge.

—Él es un alumno —gritó Marga totalmente enfurecida—. ¿Tiene pinta de no serlo?

El hombre uniformado miraba a los cuatro sin saber muy bien qué hacer. Carlos se sintió aliviado: si Jorge regresaba no cumpliría la amenaza de vengar la paliza recibida por Marga. Dani dudaba entre saludar al chico o hacerle frente, entre alegrarse o desear que lo partiera un rayo. Lo que más le molestaba era la muy acogedora sonrisa con que lo recibía aquella chica de la cual él hubiera querido ser más que amigo. ¿Qué tenía Jorge que no tuviera él?

—Huelo diferente. —El chico parecía estar respondiendo a la pregunta silenciosa de Dani—. Los pringaos tenemos un olor especial, aunque nos duchemos todas las mañanas —dijo Jorge, soltándose del brazo del guardia y caminando hacia la chica—. Sólo he venido a devolverte los tres libros que me prestaste...

—No corrían prisa.

—Yo sí tengo prisa.

Los dejó sin tiempo para reaccionar. Una vez entregados los libros, salió corriendo con la rabia de una bengala. Carlos tuvo entonces la certeza de que algo muy grave flotaba sobre ellos; se lo decía su estómago, pero sus neuronas no acababan de traducir el mensaje. Dani suspiró aliviado.

—Me siento como una niña pija metida a redentora.

Marga lo dijo bajito, sorbiendo dolor en las palabras.

Ellos dicen que tengo que aprender
pero no hay nadie aquí para enseñar.
Si no pueden entenderme
cómo pueden ayudarme.

La canción de la película *Mentes peligrosas* revoloteó por la cabeza de Carlos como la presencia de un cuervo anunciando la desgracia. Durante muchos meses, si sonaba cerca de él, sentía escalofríos y recordaba escenas que deseaba borrar para siempre.

Tres días más tarde, a unos metros de la puerta del colegio, una sombra en forma de niño, al menos por el tamaño, se acercó hasta ellos. Carlos reconoció de inmediato al acompañante de Jorge aquel día en el hospital. Vestía la misma ropa y tan sólo parecía haber aumentado la mugre sobre su cara. Guardó el secreto y jamás habló de aquella entrevista clandestina en el hospital.

—¡Oye tú! —gritó en dirección a Marga. Los demás no parecían existir.

El niño se acercaba a ella, con las manos en los bolsillos desgarrados del pantalón y todo el aire de falsa seguridad callejera, mientras vigilaba sus costados para controlar las amenazas.

—¡Eh, pelirroja! —volvió a gritar al comprobar que ella no le hacía caso.

—¿Qué quieres?

—Tengo un recao del Jorge.

—¿Dónde está? —preguntó Carlos como si fuera necesario salir corriendo a su encuentro.

—El recao es pa la jai.

—Te escucho.

—Si me sigues, te llevo a donde está tapao. Tú solita —añadió levantando su dedo índice y dejando ver una uña más negra que la noche.

—Ellos también son amigos de Jorge.

—Por si las moscas.

—No, ellos vendrán también. Te guste o no. ¿Qué razones tengo para fiarme de ti?

—Por mí.

Y se encogió de hombros, pero parecía darle vueltas a la pregunta de la chica. Además, cada vez se sentía más inquieto, como un animalito lejos de su guarida. No jugaba en territorio conocido y tampoco buscaba problemas. Hubo un minuto de silencio en el cual Marga y el niño se miraron manteniendo un duelo de pupilas.

—Más te vale que sean de fiar, tía —dijo al fin.

Cedería fingiendo indiferencia, para no mostrarse vulnerable. Los tres lo escoltaron en busca de Jorge. El mensajero no tendría más de nueve años; parecía un ratón asustado jugando un papel equivocado.

Ninguno pensó en avisar de su falta a clase, en llamar a la familia o en buscar coartadas. Los acuciaba ver a Jorge y siguieron en silencio al niño. Cruzaron la Casa de Campo hasta llegar al metro de Lago. Demasiado temprano para los habituales del lugar, tan sólo se tropezaron con tres chicos corriendo. Carlos hubiera preferido tomar medidas antes de seguir los pasos de aquel heraldo sucio, pero Marga no estaba para razonamientos y Dani la seguía sin preguntas.

Subieron al metro, hicieron varios trasbordos, hasta que ninguno de los tres logró identificar el lugar adonde habían llegado, salvo por el nombre de la estación: Aluche. Al salir del metro, comenzaba lo que Dani llamaba «territorio extranjero». Faltaba una caminata de media hora, hasta perder de vista los bloques de viviendas con aspecto pobre pero aún dentro de cierta normalidad, y entraron en algo parecido a un desierto de desperdicios. Tras escalar una pequeña loma, divisaron una especie de valle, pero sin vegetación, donde se apelotonaban unas veinte chabolas, cuatro coches en bastante buen estado y dos en puro esqueleto de chatarra. Una pandilla de niños hacía novillos entre las ruinas sin escandalizar a nadie.

—Abur, Mono —saludó uno de los chiquillos al guía de tan extraño grupo.

Recibió el saludo sin inmutarse; parecía acostumbrado al nombre, posiblemente fuera el único que le resultase familiar. Llegaron al final de algo parecido a una calle de barro y entraron en una de las chabolas de cartón y latas que se mantenía en pie atentando contra todas las leyes de la física. No había puerta, bastó correr una cortina estampada para entrar.

—Aquí está la jai —soltó el chico antes de salir y dar por concluida su misión. De la presencia de Carlos y Dani no dijo nada.

Al principio no pudieron ver nada. Luego, cuando sus ojos se fueron acostumbrando a la oscuridad del lugar, sin más aberturas que la cubierta por la cortina estampada, pudieron distinguir una pequeña cocina de gas, una bombona, unos cuantos cacharros colocados sobre una caja de refrescos, una mesa cojitranca, dos sillas diferentes pero igualmente estropeadas y un camastro donde algo se movía.

—¿Por qué no has venido sola?

Era la voz de Jorge y provenía del camastro.

—¿Jorge? —preguntó Marga mientras se acercaba—. Ellos también son tus amigos. Y no sabía si el chico era de fiar...

—Dudo que sean «mis amigos». Pero está bien que no te fíes de los desconocidos.

Su voz destilaba amargura y también aquel cansancio arrastrado desde muy atrás y que Carlos detectara ya en el hospital. De nuevo la oscuridad, como aquella noche. De nuevo Jorge. De nuevo todos en torno a Marga, que se había acercado hasta tocar al dueño de aquella voz amarga.

—¡Estás herido!

—Nada importante. Me confié y el mierda ese acercó demasiado su cuchillo a mi hombro.

Nadie preguntó quién era «el mierda», les podía el miedo a saber, miedo a conocer datos, como si, ignorándolos, dejaran de existir.

Dani encendió una cerilla. Apenas se podía distinguir nada, tan sólo la cara asustada de Marga y el rostro esquinado de Jorge. Llevaba el hombro vendado con un trapo no demasiado limpio y la sangre renovaba un cerco rojo brillante sobre la enorme mancha que casi lo cubría por encima de la suciedad.

—¿Dónde hay luz? —preguntó Marga, recuperando cierta serenidad y su sentido más práctico.

Jorge encendió una linterna. El cuadro se mostró mucho peor de lo sospechado en la penumbra. Olía muy mal, sin precisar exactamente a qué. Carlos recordó que la diferencia entre la vida real y los reportajes radicaba ahí: en el olor. Los chicos sintieron ganas de vomitar y salir corriendo, pero los frenó la sangre fría de Marga, dispuesta a examinar la herida como si no hubiera hecho otra cosa en toda su vida.

—Debería verte un médico.

—¡Ni lo sueñes! Si me cogen, esta vez me mandarán, como mínimo, a un correccional duro. Y eso es peor que la trena. Me he saltado todas las normas...

—¡No seas imbécil! Siempre podrás dar una explicación.

—Mira, niña buena, a ti seguro que te escuchan, pero al menda lo sentencian antes de que pueda abrir la boca. Si no me la parten antes.

Carlos recordó de nuevo la noche del hospital, las confidencias de un Jorge asustado que saltaba hacia adelante para no caer en algún pozo sin fondo. Recordó a Bea, «entre el abismo y un incendio sólo te queda aprender a volar». Parecían dar vueltas ciegas a la misma piedra de molino sin que ninguno lograra encontrar la salida. Tal vez ni siquiera existiera.

—Todos tenemos derecho a ser escuchados —dijo Dani.

—Dile al guapo de tu amigo que sus leyes no cuentan en este territorio.

Había rabia, celos, recelo. Por primera vez, Carlos

se sintió cerca de Jorge, se sintió cerca porque entendía la rabia que producía Dani cuando había una chica de por medio.

—Eso es filosofía derrotista, chaval.

Estaba claro que Dani no iba a dejarse apabullar fácilmente por ninguno de los dos. A Carlos le entraron ganas de repetir la pelea de aquel sábado por la mañana.

—¿Tuya, de los compañeros que entraron a dar la paliza a Marga, del director del colegio...?

—¡Maldita sea, tío, estamos aquí!

—¡Y os vais a callar todos!

Marga se impuso a los tres. No podían permitirse malgastar el tiempo con discursos ni con celos. Si ella sospechaba algo de cuanto flotaba por debajo de aquellas disputas, se lo guardó. No tocaba poner sentimientos sobre el tapete. Urgía curar a Jorge.

—Lo primero que necesitamos es desinfectante, vendas, esparadrapo... Y mucha suerte para no llegar demasiado tarde. ¿Quién de vosotros busca una farmacia?

—¿Dónde? —preguntó Carlos, que tenía la impresión de estar en Júpiter—. ¿No será mejor buscar un médico?

—De momento, Jorge ha decidido seguir escondido. Ya veremos después. Hablaré con el voluntario que lo acompañaba. —Jorge intentó protestar, pero Marga le puso uno de sus dedos en los labios y resultó más efectivo que una mordaza—. Eso después, ahora, mejor buscas al chico que nos trajo...

—El Mono —dijo Jorge.

—Pues ése, y que te acompañe a una farmacia. ¿Tienes dinero?

—Algo.

—Toma, algo más —casi ordenó, sacando de la mochila su monedero.

—Voy contigo —propuso Dani.

—¿No tiene nombre cristiano ese chico? —preguntó Marga.

—No creo que lo hayan bautizado —contestó Jorge—. Basta con llamarlo Mono y aparecerá.

—Como el genio de la lámpara —susurró Carlos dudando entre el miedo a dejar a solas con Jorge a su amiga y las ganas de largarse para evitar el vómito revoloteando en su estómago.

Dejaron a Marga ya aprovisionada con agua y saliendo de la chabola en busca de algún vecino que la hirviese. Recorrieron a la inversa el camino de las chabolas, subieron la loma y regresaron al lugar donde los edificios fingían cierta normalidad. Allí encontraron una farmacia. Por suerte, nada de lo que necesitaban se vendía con receta.

—Nos va a caer una buena bronca —soltó Dani.

—¡Eres un egoísta de mierda!

Carlos mordía las palabras. No lograba entender cómo había sido amigo de aquel chico desde que tenía memoria. En el fondo trataba de colocar en el otro sus propios defectos para no dirigir los golpes de tanta rabia contra sí mismo.

—Pues yo llamo a casa.

Pasaron por una cabina y Dani dio una disculpa aceptable a su madre. Habló de un examen, de la ayuda de Carlos y Margarita para prepararlo... No lo creerían pero tampoco andarían preocupados.

—He dicho que estaba con vosotros para que corra la voz. No te molestes en agradecérmelo. Te has vuelto un cafre total, tío.

La furia y la impotencia lo llenaban todo, sin dejar huecos ni para el pensamiento. Le hubiera gustado tener algo parecido a una moviola mágica capaz de rebobinar todo lo vivido, justo hasta el momento en que anunciaron la llegada al colegio de un chico nuevo y con problemas. Deseaba haberse desentendido, haber continuado con la vida conocida, con el guión escrito para él desde siempre. Entonces, Dani seguiría siendo el buen amigo de toda la vida y ésta el lugar cotidiano donde se conocían las normas de antemano.

Marga terminó sus tareas de enfermera. Ellos la miraban como a un pozo sin fondo e imposible de conocer totalmente. Viéndola moverse con tanta seguridad, Carlos la imaginó como una de aquellas leonas que encuentran al cachorro huérfano, hambriento de comida y ternura, y lo cargan entre sus fauces para protegerlo. Pero ni la más aguerrida de las leonas podría impedir el disparo del cazador, incluso podía acabar muerta sobre el cadáver del cachorro. Un escalofrío le recorrió la espalda como un relámpago.

—¿Cuándo sabremos de ti, Jorge?

—Cuando sea necesario.

—¿Seguirás recurriendo a nosotros?

—Seguro.

—¿Te meterás en líos?

—He nacido en medio de uno. Y no se sale casi nunca, Marga. Siempre habrá perdedores natos para que la gente normal se sienta feliz y satisfecha.

—No seas masoca, hombre.

Carlos abandonó la chabola sin despedirse y empujó a Dani. Aquellos dos necesitaban un último minuto de intimidad. No le resultó desagradable la generosidad en aquellas circunstancias.

Aguardaron a que Marga saliera de la chabola. El Mono los esperaba con las manos perdidas en los bolsillos rotos de su pantalón: toda su escasa vida parecía reducirse a semejante tarea. Esta vez se limitó a dejarlos en el metro.

Los tres pudieron escuchar el crujido de su mundo saltando en mínimos trozos irreconocibles. Regresaban a los lugares conocidos, pero llevaban el olor de otro lugar donde las reglas, si las había, nos les fueron traducidas.

EN EL PAÍS DE LAS MARAVILLAS

Carlos desenrolló el póster de Jorge. No sabía por qué lo había recogido, por qué había decidido restaurarlo y ofrecérselo a Marga como un regalo para dejar clara su postura incondicional pasara lo que pasase. Lo habían desgarrado, pero el dibujo mantenía la misma fuerza, tal vez con más intensidad ahora, cuando los desgarrones pintados en la mirada del mulato encadenado se habían trasladado al cartón.

—Sería un gran artista.

Casi de inmediato se dio cuenta de que hablaba de Jorge como si ya no habitara entre los vivos. Una parte de sí mismo lo había deseado sin atreverse a formularlo. Escondido en su falsa generosidad, podía resultar incluso peor que los brutos con pasamontañas, porque mantenía ocultos sus peores deseos tras la normal apariencia de un chico bueno, de un chico respetable y con futuro asegurado. Resulta fácil ser una buena persona cuando eso reporta beneficios inmediatos. Jorge deseaba romper las cadenas de un papel impuesto como una cárcel en un deseo por ignorar que, en su mundo, la normalidad no reportaba beneficios.

La bondad, las formas exquisitas, incluso la ternura, necesitaban recursos para sobrevivir.

—¡Dios mío, qué impresionante!

No había notado la llamada de su madre en la puerta del cuarto ni oído sus pasos hasta que la tuvo detrás, sosteniendo una bandeja y mirando, por encima de su hombro, el póster roto dibujado por Jorge.

—Lo hizo Jorge.

—¿El chico nuevo?

—El mismo.

—Debe de ser terrible para él todo lo que ha pasado.

A punto estuvo de contarle a su madre que la realidad superaba la impresión del dibujo y su autor yacía herido y abandonado en una chabola mientras él miraba aquel dibujo al abrigo de todas sus seguridades cotidianas. No abrió la boca. Durante meses, pasó las noches en una pesadilla interminable en la cual se veía perseguido e interrogado por desconocidos acusándolo por su silencio. ¿Por qué no lo comentó con su madre? Se dijo a sí mismo que por lealtad a los deseos de Jorge, pero, muy en el fondo, tal vez sólo evitaba resultar salpicado. Si Jorge desaparecía, los antiguos días regresarían como si nunca se hubieran ido. Se odiaba por descubrir sus deseos de borrar los problemas y regresar al paraíso.

—¿Tú estás bien, hijo?

—A mí no me ha pasado nada, mamá, ni siquiera un rasguño.

—Las peores heridas no están a la vista, esas que no logramos ver pueden matarnos en silencio.

—No tengo heridas, mamá.

—Y si las tuvieras, yo no sería la persona más adecuada para curarlas, ¿no? —Carlos miró a su madre y sintió una lástima vaga, tal vez estuviera tan perdida como él—. No te imaginas lo difícil que resulta ver cómo los polluelos abandonan el nido, cómo caen en el intento de aprender a volar... Y hay que dejarlos romperse la cabeza. Mira, Charly, no seré yo quien te obligue a contarme nada, pero, aunque no te lo creas, estaré siempre, en algún lugar de la retaguardia, con las vendas dispuestas para curarte. Y sin juzgarte.

Con las vendas dispuestas. Recordó a Marga ejerciendo de enfermera. Tal vez las mujeres guardaran en su memoria recuerdos de cuidados que los hombres, cazadores de bisontes, no habían heredado. Nunca había pensado en ellas de aquel modo; las mujeres eran madres demasiado preocupadas por los catarros, hermanas pequeñas que incordiaban, compañeras de clase obsesionadas por la marca de los vaqueros y la subida de la aguja en la báscula. Ahora, Marga y hasta su madre, le mostraban un rostro de mujer nunca imaginado, y nadie le contó cómo tratar a ese nuevo ser recién descubierto.

Hacía mucho tiempo que no abrazaba a su madre. Le salió de su alma de niño, en dura batalla con su parte de adulto, y no quiso contenerse. Resultó agradable volver a estar entre los conocidos brazos, recibir las vendas imaginarias de su cariño como una caricia capaz de curar lo invisible. Jorge no podía contar con semejante consuelo, y eso era mucho peor que la herida de su hombro, que la miseria de la chabola. Que todo.

—Gracias, mamá.

Sandra tenía una lágrima rodando por su mejilla. Aquél seguía siendo su niño, en cierto modo, pero también alguien en larga pelea con todos y todo para transformarse en adulto. Sintió lástima, impotencia y orgullo: Carlos estaba aprendiendo bien.

—Procura comer algo. Y si necesitas lo que sea, a la hora que sea, grita, forastero, que el Séptimo de Caballería acudirá para defender el fuerte.

—¡Qué gansa eres, vieja!

—Eso de vieja te juro que me llega al alma. La semana que viene me hago un arreglo general.

Al menos había conseguido sonreír. El dibujo rasgado permanecía sobre la mesa. Jorge estaría pasando la noche en aquella chabola, con el hombro herido y tal vez la mandíbula apretada, sin contar con el incondicional apoyo del Séptimo de Caballería. No podía meter nada en el estómago, aún lo sentía anudado por aquel olor a humo, desperdicios y miedo que rodeaba el camastro del herido. El miedo también tenía olor, corrosivo como un ácido.

Se quedó dormido sobre la cama y las pesadillas decidieron hacerle compañía.

Alguien llamaba a la puerta y entraba un conejo con un reloj, «Vamos, muchacho, arriba que llegamos tarde». Se quedó con las ganas de preguntar adónde y se dejó arrastrar por el conejo que corría como si lo persiguiera el cocinero. Una gran gota de agua salada cayó sobre su cabeza: una lágrima, pero no podía ver el rostro de quien lloraba. Entonces fue a parar a un jardín donde las flores tenían un olor espantoso, a cadáveres. El conejo, de vez en cuando, se acercaba al muchacho, reloj en mano y metiéndole prisa... Corría y corría hasta que tropezó con unas cadenas con apariencia de seres vivos, que lo atraparon. No podía moverse y las cadenas lo apretaban cada vez más...

Despertó empapado en sudor. Temblando y con el cuerpo agarrotado. Una luna enorme se asomaba a la ventana de su cuarto y lo bañaba todo con una claridad de noche blanca. Todo era blanco y azul: blanco y gris; blanco y negro.

—He soñado con el conejo de Alicia. ¡Acabaré como una cabra!

Recordó un libro que su madre solía leerle cuando era pequeño, *Alicia en el País de las Maravillas*, aunque a él siempre le había parecido un país de pesadillas, habitado por un montón de lunáticos. Se miró las manos, temblorosas como si tuviera fiebre; había atravesado el espejo de alguna infancia perdida y contemplado un futuro no deseado.

Ya no podía dormirse. Estuvo a punto de llamar a

su madre, de buscar en ella el refugio seguro de todas las pirexias. Después pensó que había llegado el tiempo de enfrentarse a las dificultades solo, aunque resultaba tranquilizador saber que tras él estaban otros: sus padres, Bea, los amigos...

—Eso de ser adulto debe de ser cosa de aguantar el tirón.

La frase casi le hizo sentirse orgulloso de sí mismo. Buscó el viejo libro tan releído. Lo encontró escondido entre mil cosas inútiles que se resistía a tirar. Allí continuaba la niña rubia, la misma que tantas noches de su infancia corría por el jardín de la Reina de Corazones en la voz de su madre, aunque él imaginó que el viaje, el auténtico viaje tal vez sin retorno, lo estaba haciendo Jorge. Ellos —Marga, Dani, el colegio— habían sido parte de un jardín en el cual le permitieron pasear una breve temporada para hacerle aún más duro regresar al otro lado. De pronto, en medio de las ilustraciones, sus ojos cayeron sobre unas frases del libro que parecían esperarle:

> *Si yo o ella nos viéramos por azar*
> *implicados en el caso,*
> *él confía en que tú la dejes libre,*
> *exactamente como éramos.*

Implicados por azar... Nunca volverían a ser como antes. Pensó en Marga, en aquella chica de melena roja y preciosos ojos verdes actuando como una leona adoptando a un cachorro abandonado. ¿Volvería a ser la vida algo parecido a lo que conocían?

—«Confía en que tú la dejes libre» —repitió a media voz—. Es posible que todos estemos prisioneros de algo, del lugar en que nacimos, del cuerpo que nos tocó en suerte, de los recuerdos... Es como si nosotros tuviéramos la posibilidad de elegir entre varios caminos y Jorge sólo uno que ni siquiera ha elegido, al que lo obligan a regresar aunque no quiera...

Sonó el teléfono y sintió un sobresalto. Miró el reloj: las seis y media. ¡La noche se le había escapado de las manos! Descolgó.

—¿Charly? —susurró una voz conocida.

—¿Marga?

—Espero no haber despertado a tus padres. No podía dormir.

—Yo tampoco. Tranqui.

—No hago más que darle vueltas a qué podemos hacer. No puedo quedarme quieta, Charly, no puedo dejar que las cosas sucedan fatalmente. Jorge intenta jugar a ser un héroe, aunque sólo sea por un día, y eso puede ser peligroso.

Carlos recordó de nuevo la conversación en penumbra del hospital, el beso recibido como un caballero a punto de partir en busca del dragón intuyendo que no podrá regresar. Un beso que hubiera deseado haber recibido él.

—Ya, podría ser un héroe muerto.

—Hoy es sábado, tenemos todo el día para hacer algo.

—¿Como qué? —Carlos veía, de alguna manera, al conejo del sueño señalando un reloj.

—¿Se te ocurre algo?

—Desaparecer.

—Cojonudo. Pero no creo que sirva de nada.

—Podemos llamar a la policía.

—Eso sería traicionar a Jorge.

—¿Lo prefieres traicionado o muerto?

—Tampoco es seguro que sean las dos únicas alternativas. Es posible que todo haya terminado con el enfrentamiento que tuvieron.

Creer que nada malo podía suceder era una forma de esconder la cabeza. Carlos lo pensó pero no dijo nada. Nadie les había enseñado a enfrentarse con situaciones como aquélla, ni siquiera sus padres tenían muy claro si optar por la seguridad de sus hijos o por la justicia solidaria de ayudar a un desconocido en apuros.

—¿Cómo supo Jorge dónde localizarlos?

—Ni puñetera idea, pero imagino que habrá gente en aquel lugar capaz de saber más que la propia poli.

—Yo también intento creer que no pasará nada, Marga, pero todo ha empezado ya a girar en un tiovivo incontrolado que sólo parará cuando cumpla sentencia. Se nos ha escapado de las manos.

—A mí también me queda esta historia demasiado grande. Mi madre se huele algo y desde que estuve en el hospital me mira como si me fuera a romper en cualquier momento.

—Ya sabes cómo son las madres. A la mía le gustaría ser el Séptimo de Caballería.

—No estaría mal.

Carlos notaba cómo flotaba una ausencia en aquella conversación. Marga lo llamaba porque no se atrevía a marcar otro número de teléfono. Fue entonces cuando ella hizo la pregunta.

—¿Sabes algo de Dani?

—No.

La negativa sonó como una bofetada. Su amigo se colaba en medio de una historia que no le correspondía. A Dani no le había regalado Marga un beso.

—Bueno, podemos vernos esta tarde, ¿vale?

—Marga. —Necesitaba sentirse cómplice de su amiga, seguir siendo algo muy especial para ella, con Dani o sin él—. He traído a casa el póster que dibujó Jorge.

Hubo un silencio al otro lado del auricular. Ya no había luna en el cielo, los objetos iban recobrando la normalidad, los colores conocidos.

—Charly, eres único.

Y colgó.

Aquél fue un fin de semana largo y tedioso. Todo sucedió a cámara lenta. Acabaron todos escondiéndose de sus miedos, de su inercia, en el cuarto de Carlos. Incluso la casa estaba silenciosa, como si sus habitantes anduviesen con cuidado sobre el tiempo, y los minutos fueran a tener el sonido de las olvidadas campanadas de luto. Ni siquiera en la habitación de Bea se oyó música. Todos trataban de evitar ser localizados por la desgracia.

Habían cruzado al otro lado del espejo, como Alicia, y la Reina de Corazones aún guardaba su último as escondido en la manga.

LA SOMBRA DEL DESTINO

El lunes regresaron a las clases. Con ojeras y el aspecto de soldados que han pasado jornadas sin descanso en medio de una batalla. Todo fingía normalidad: el guardia de seguridad frente a la puerta, las carreras de los que llegaban con el minuto contado, las caras de lunes y las prisas por pasarse los últimos apuntes antes del examen. Sin embargo, todo era diferente, al menos para ellos. De alguna manera, ya no pertenecían al mismo grupo, lo miraban todo sin reconocerse, pero, aunque les pesara, no contaban con otro club donde los recibieran como socios reconocidos.

Carlos y Dani caminaban sin hablarse, Marga no los había esperado donde siempre, a la hora de siempre.

—¿Le pasará algo?

—¿Tú qué crees, Dani, que ha estado en una fiesta?

—Estás de un borde que no hay quien te sople, tío. Pues a mí, a veces, me carga bastante la chica. Es como si no tuviera miedo, como si fuera superior a nosotros.

—Tiene el mismo susto metido en el cuerpo que nosotros, colega.

—Pues lo disimula bien.

—¿Quién disimula?

—Hola, Marga —saludó Carlos—. Dani decía que disimulas muy bien el miedo, si lo tienes, claro.

—Estoy muerta de miedo.

Aquello terminó por desarmar a Dani. Marga llevaba el pelo suelto, contra su costumbre de no lucir melena, y Dani la miró como sólo miraba a las niñas Barbie del colegio. Carlos sintió ganas de partirle la sonrisa. Ni siquiera el golpe en la nariz había logrado estropearle su cara de niño guapo. Dani siempre salía bien parado de cualquier situación, protegido por un halo invisible. Carlos imaginó la buena suerte de su amigo asociada con la belleza.

—Pues nada, hermanos en el miedo —soltó Dani como si le hubieran dado una alegría de aprobados generales.

«Gili total», pensó Carlos, y bajó la cabeza para esconder sus mejillas enrojecidas.

En clase les esperaba la rutina de siempre, pero flotaba entre ellos una suerte de complicidad, como si los tres aguardaran algo que habría de llegarles notificado justo aquella mañana. Ninguno se enteró de nada y sonó el timbre del descanso.

Lo primero que vieron tras la reja fue la cazadora de falso cuero del Mono. Corrieron para evitar que, en la próxima ronda, el vigilante lo descubriera y lo expulsara del lugar. Estaban tan hambrientos de noticias que no repararon en el susto grabado en sus ojos de niño mal alimentado.

—No tendría que haber venío —dijo el Mono por todo saludo.

—Pero, por suerte, estás aquí —aseguró Marga mostrando la mejor de sus sonrisas para tranquilizar al chico—. ¿Qué sabes de Jorge?

—Que la ha cagao.

—¿Que la qué? —preguntaron casi a la vez los tres.

—Se lo tenía prevenío, que son mu bestias pa ti sólo, que se afanase ayuda, pero en cuantis se le mete algo en la chola al Jorge, no hay civiles que lo paren. Una mollera mu dura...

—¿Dónde está? —preguntó Marga.

—¿Cuándo largáis de la trena?

—¿De dónde? —preguntó Dani.

—A las dos —contestó Carlos ignorando la cara de pasmo de Dani.

—Pos estaré aquí.

Y se esfumó sin darles tiempo ni a cogerlo por la solapa, con todas las preguntas amontonadas en la garganta y el estómago encogido por el susto de las noticias del Mono. La espera supuso una tortura muy superior a los largos minutos de todo el fin de semana. La suerte estaba echada, y no se presagiaba buena.

El conejo ya no miraba el reloj colgado de su chaleco. La hora había sonado.

Las dos horas que faltaban para salir de clase gotearon sobre los tres como balas de plomo rebotando contra su mala conciencia por no haber intentado nada. Cuando sonó el último timbre del día, salieron como almas perseguidas por el Juicio Final y frenaron al llegar a la puerta buscando la cara sucia o la cazadora de falsa piel del Mono.

—¿Dónde se habrá metido? —preguntó Dani mirando en todas direcciones.

—No te preocupes. Si dijo que vendría, vendrá —aseguró Marga.

—Eso es, palabra de caballero. Pareces tener más confianza en esa gente que en alguno de nosotros.

—En primer lugar, sobra lo de «esa gente». Según la Constitución todos somos la misma «gente», salvo que tengas el cerebro tan reblandecido como el de Roberto. Para seguir, no tenemos ninguna otra posibilidad, listillo...

—Oye, no te pases ni un pelo...

—Bueno, ¡ya basta! Todos estamos nerviosos y pelearnos ahora no serviría de mucho. Creo que lo primero que deberíamos hacer es llamar a casa y buscarnos una disculpa para lo de la comida que nos incluya a los tres, porque si no, los que acabaremos siendo buscados por toda la poli de la ciudad seremos nosotros, ¿hace?

—Tienes razón, Charly —dijo Marga—. Perdona, Dani, supongo que tengo los nervios como si me los hubieran metido en una batidora.

—Yo también parezco un burro.

—¿Buscamos un teléfono y una excusa? —A Carlos lo ponían nervioso cuando los dos salían de una disputa para casi entrar en una escena de romance.

—Podemos decir que comemos en mi casa, que tenemos un examen y que lo preparamos juntos.

—Mis padres, lo de irme a tu casa a preparar un examen se lo creen, siempre dependo de ti —aseguró Carlos.

—No está mal, pero los míos no están acostumbrados a que prepare materias en tu casa y se les puede ocurrir llamar.

—Pues corremos el riesgo. Yo diré que como en casa de Charly... ¡Y que haya suerte!

Se fueron hasta la cabina que estaba cerca de la parada del autobús. Justo detrás estaba el Mono mordiéndose las uñas. Le pidieron que esperara el tiempo justo de tres llamadas a casa.

—¿Ya? —preguntó el chico, con cara de matón pero con pánico en los ojos.

—Cuando quieras —dijo Marga.

El chico se metió dos dedos en la boca para lanzar un silbido y apareció un coche que alguna vez debió de ser verde y ahora tan sólo un muestreo de parches en todos los colores posibles. Puro saldo de una chatarrería, con ruidos de congestión pulmonar en el motor. Pese a las apariencias, se movía. Frenó delante de ellos en puro estilo de competición.

—¡Venga, rápido, tíos!

El que daba la orden era el Mono. Por suerte, él no conduciría. Se metieron en la parte trasera los tres juntos y el Mono como copiloto de alguien camuflado bajo un pañuelo rojo colocado al modo de los piratas caribeños y gafas de sol negras como la noche.

—El Rambo, un colega.

—Nosotros somos... —empezó a decir Marga ejerciendo como portavoz del trío, pero no pudo terminar la frase.

—No quiero nombres. El menda lleva un coche con tres julais de los que no sabe media leche. A mí, ni me habéis junao en vuestra vida. ¿Vale?

—Vale.

Carlos recuperó la impresión de haber cruzado la frontera de la normalidad para entrar en el espejo de Alicia; por desgracia aquello no se solucionaría despertando. «Sin guión», pensó, sintiendo el pensamiento como un puñetazo en el estómago.

Repitieron las vueltas para que no lograran ubicarse ni por pura casualidad. Creían que iban al mismo barrio de chabolas donde habían visto a Jorge herido, pero al cabo de tres rodeos con el coche provocando más ruidos que un elefante en una cacharrería, descubrieron que el paisaje, tan desolador como el barrio sin nombre, era diferente.

La ciudad lucía gris, repitiendo el gesto de una larga sombra persiguiendo sus pasos. Se puede ser fuerte en el lugar conocido, cobijados en el paisaje y las referencias cotidianas; cuando uno deambula entre esquinas desconocidas, la fuerza se diluye por entre la desolación y el desamparo. Dani estaba pálido como si le hubieran robado la sangre. Marga fingía un rostro sereno pero sus mandíbulas muy apretadas parecían a punto de partirse. Carlos mantenía los puños cerrados, en el mismo acto reflejo de la infancia, cuando subía en alguna de las atracciones de feria y temía verse estampado contra el suelo. Esta vez su madre no estaba cerca para intentar una llamada al Séptimo de Caballería.

Un frenazo desmesurado los lanzó contra los atrotinados asientos delanteros y sirvió para dar por terminado el laberíntico viaje. El coche hizo casi un trombo en un viraje más peliculero que necesario. El conductor tenía ganas de lucirse como un matón de Tarantino.

—Es aquí —soltó el improvisado taxista. Hablaba manteniendo los ojos ocultos tras las gafas y mirando algún punto difícil de distinguir entre la suciedad del cristal.

—¡Es un basurero! —exclamó Dani, tratando de taparse las narices.

—Sacto —contestó Rambo.

Por primera vez, podían ver al guía de pocas palabras de cuerpo entero, porque decidió estirar las piernas fuera del coche. Vestía totalmente de negro, era largo y delgado, con movimientos compulsivos en cada gesto, como si su cuerpo hubiera crecido más de lo previsto y no supiese manejarse bien dentro de sus huesos. Su cara lucía llena de cicatrices parecidas a pequeños socavones y con un par de ligeros costurones cruzando casi su mejilla izquierda. En la boca, un palillo verdoso giraba a ritmo de rap.

—Joder, qué pinta de matón se gasta el tío —murmuró Carlos.

—¿Qué buscamos aquí? —preguntó Marga conteniendo un escalofrío. Todos habían seguido a Rambo y esperaban tensos alguna orden.

—Al Jorge —respondió Rambo sin moverse un milímetro ni mirar a nadie.

Como si ése hubiera sido el santo y seña necesarios, el Mono se separó del grupo y comenzó a bajar por una de las laderas del basurero. El chofer con pinta de pirata no mostraba intención de intervenir en más escenas de la película. Los tres amigos siguieron los pasos del chiquillo sintiendo cómo sus pies se hundían en un suelo fabricado a base de capas de todos los desperdicios posibles. Vagamente, recordaban los reportajes sobre niños viviendo de las basuras. No era lo mismo, jamás habían pisado un lugar parecido. Y olía. La realidad apestaba.

A medida que descendían, el hedor se volvía insoportable y los zapatos se hundían hasta que les quedaba cubierta parte de los pantalones. Carlos sintió pánico imaginándose engullido por la basura.

Trataron de ignorar la multitud de roedores que deambulaban por el lugar sin inmutarse por la visita. En algunas partes incluso parecía levantarse del suelo algo parecido al humo de una hoguera, como si el conglomerado de desperdicios hubiese entrado en combustión.

—Voy a vomitar —susurró Carlos.

—Sólo nos faltaba eso —dijo Dani, disimulando el pánico.

El descenso, apenas diez minutos, les pareció que

había durado la mitad de sus vidas. Al final de la ladera artificial, el Mono, con las manos metidas en los bolsillos rotos del pantalón, se quedó parado, con las piernas abiertas y el aspecto de un capitán bucanero capaz de soportar, sin moverse, los vaivenes del oleaje.

—Aquí —señaló con la barbilla en un gesto hacia delante.

Los tres amigos siguieron la dirección de la señal. Al principio, les costaba distinguir algo entre aquel bazar de detritus. Fue Marga quien primero se tapó la boca y avanzó unos pasos. Los otros dos se quedaron paralizados.

Transcurrió medio minuto entre el gesto, acercarse y reaccionar. Sólo pudieron oír un grito terrible, capaz de rasgar las negras nubes que los cubrían y que hizo chillar a unas cuantas ratas. Después vieron cómo Marga caía de rodillas y se cubría la cara con las manos. Avanzaron hacia ella como si llevaran plomo en los zapatos. Medio cubierto por una loneta de plástico, podía verse el cuerpo tendido de alguien.

—¿Jorge? —preguntó Dani, esperando que alguien lo sacara de su error.

Carlos notó cómo una argolla invisible apretaba su garganta y le impedía hablar. Marga, con manos temblorosas, descubrió parte de la loneta. La cara de Jorge los saludaba desde un silencio de siglos.

—Tieso.

El Mono, al igual que si fuera un médico, certificaba la muerte de Jorge desde una aparente indiferencia, incapaz de exteriorizar otra señal de dolor que su quietud.

—Hay que llamar a la poli —dijo Dani.

—Pos el menda se larga —aseguró el Mono, pero sin moverse.

—Después —intervino Marga. Tras el grito, parecía haber encontrado la misma frialdad de aquella tarde, cuando curó las heridas de Jorge en la chabola.

—¿Después de qué?

—Dani, ¡cállate! —No se movió ni una rata—. Jorge ya no tiene prisa y hay que pensar.

—¿Pensar en qué? —A Dani el miedo le agarrotaba las tripas.

—Mono, ¿sabes quién fue? —preguntó Marga ignorando a Dani.

—Yo no he junao na, tía.

—Era tu amigo.

—Está tieso y yo no quiero acabar aquí.

—¿A qué tienes miedo?

—A espicharla, tía, que tos los ricos parecéis lelos.

—¿No vas a ayudarnos?

—¿A qué? —Esta vez fue Carlos quien hizo la pregunta y el Mono lo miró mostrándose de acuerdo.

Marga acarició la cara fría y sucia de Jorge. Una despedida. Carlos la imaginó como la leona comprobando la ausencia de latidos en el cachorro muerto. Hasta el basurero lo había llevado el beso de aquella noche. Ella actuaba como si su cabeza estuviera en otra parte. Volvió a cubrir con la loneta la parte descubierta del cadáver y se levantó; parecía una diosa antigua capaz de realizar la gesta imposible para un guerrero cuando ha llegado el peor momento de la batalla. Para Carlos, las mujeres estaban hechas de otra pasta.

—Bien, con vosotros o sin vosotros, yo voy a tomar medidas. Por lo pronto nos volvemos...

—¿Y Jorge? —preguntó el Mono, decepcionado.

El chico había pensado que los niños ricos darían sepultura decente a Jorge y ahora se sentía traicionado porque lo abandonaban en aquel basurero, a merced de todos los roedores.

—Jorge puede esperar un par de horas. No creo que tenga prisa por largarse —dijo Marga con la autoridad de quien conoce la tarea impuesta—. Por lo pronto, tu amigo tiene que llevarnos de nuevo a donde nos recogió.

—Te aviso que nosotros no...

—Sólo estoy pidiendo que nos llevéis, no que intervengáis, ¿vale?

—Vale —dijo el Mono bajando la cabeza.

Volvieron a subir la loma de desperdicios. Ninguno abrió la boca hasta llegar a donde Rambo aguardaba con el mismo palillo verde bailando rap entre sus labios cerrados.

—¿Nos puedes llevar hasta donde nos recogiste? —preguntó Marga.

Rambo miró al Mono, que bajó la cabeza. Se encogió de hombros y volvió a subir al coche. Los otros cuatro se situaron en los mismos lugares de la ida.

La mala suerte estaba echada. Todos habían transitado bajo la larga sombra del destino anunciado para Jorge, tal vez elegido, de alguna manera, por él. Las alas de la mariposa habían llegado al puerto señalado.

El viaje les pareció mucho más corto.

PREGUNTAS

El coche se llenó de silencio. Sobraban las preguntas aunque pronto se verían sometidos a un interrogatorio a varias bandas. Lo más duro fue soportar su propio sondeo interior, mudo y a solas, dentro de aquel coche. Marga recordaba aquella conversación a medias velada por los calmantes, la petición de un beso para salir a buscar la muerte, y no encontraba el punto en el cual una palabra suya, un gesto, hubiera evitado encontrar el cuerpo frío y pálido del muchacho. Carlos no acertaba a ver claro si su mutismo había sido complicidad o deseo de ver consumada la tragedia anunciada. Dani, tal vez el menos implicado en toda aquella aventura, se sentía culpable por haber despreciado al chico nuevo capaz de atraer todas las atenciones de Marga.

¿Había buscado Jorge aquel final como una salida al insondable muro levantado frente a un futuro sin salida? ¿Sirvió la muerte de recurso para señalarlos como culpables por vivir en un paraíso prohibido para muchos? ¿Recuperarían la tranquilidad anterior a la llegada de quien ahora era un mártir?

Para el Mono, la única pregunta que martilleaba sus sienes era si aquellos tres niños ricos acabarían metiéndolo en problemas y, además, dejarían a Jorge pudrirse en aquel basurero.

Carlos recordaba la conversación escuchada en la habitación del hospital, «Dame un beso para que el príncipe pueda encontrar el valor». Tal vez los modernos príncipes no llevasen ropajes de seda y terciopelo ni montaran corceles briosos, es posible que habitaran en los márgenes de la realidad, a medio camino entre la pesadilla, la supervivencia y la promesa de poder escapar algún día. Un minuto de gloria para morir del modo elegido, o cuando menos del modo menos indigno para salir del atolladero. A veces, Carlos también pensaba en algo que le sirviera de transporte, capaz de ayudarlo a cruzar unos años incomprensibles y ubicarlo en el lugar donde lo esperaba su destino de adulto. Lo pensaba en vísperas de exámenes, sin el sentido trágico que tenía ahora la palabra «escapar», y hubiera querido ser un personaje de videojuego, el compañero de Batman o cualquier cosa capaz de saltar los muros de la responsabilidad. Luego, llegaba siempre la voz de su madre, o la del profesor, o la de Marga al otro lado del teléfono y volvía a acomodarse al día a día de la rutina.

Jorge estaba muerto, y la palidez casi feliz de su rostro tardaría apenas unos días en descomponerse.

Como su memoria. ¿Quién recordaría al chico nuevo, silencioso y diferente que llegó al colegio el curso en que algunos recreaban a la hermosa Michelle Pfeiffer en sus viejas películas? El curso en que Carlos supo, con la fiera certeza de los adolescentes, que amaba a Marga. Casi nadie y casi nunca.

Sin embargo, las pesadillas de un mar de plata vieja donde se hundían los años de la inocencia, persiguieron a Carlos y ahora, años más tarde, aquel tiempo vivido entre sombras cruzaba de nuevo la línea del olvido e invadía su cuarto, le sonreía a través de la imagen polvorienta de un póster, del rostro de otra princesa, a la cual nunca podrían pedirle el favor de un beso.

¿A quién le importaba la vida truncada de Jorge? Tal vez a ese padre que acabó en la cárcel porque no encontró otro modo de resolver su impotencia. Sí, alguien lloraría la muerte de Jorge y sentiría que el mundo era muy injusto, demasiado injusto con los más débiles.

El coche frenó y los tres amigos tuvieron la impresión de aterrizar en tierra tras una visita al planeta del horror. Rambo dejó a los tres niños ricos donde los había recogido. El Mono los miró como si le quedaran pendientes preguntas que nunca saldrían de su escondite.

—¿Dónde puedo localizarte? —preguntó Marga

poniendo una de sus manos en el hombro del chico con los bolsillos del pantalón rotos.

—¿Pa qué?

—Tendremos que vernos, chico, aunque no te guste mi jeta de niña pija.

—Jorge estaba colao por tus huesos.

Carlos miró el rostro de su amiga: la única princesa que Jorge había conocido; pero el beso, el primero y el último, le había servido como despedida del mundo.

—Entonces hazlo por él, dime dónde puedo localizarte.

—En los billares de Floro.

—¿Dónde...?

Pero Rambo ya había pisado el acelerador y si hubo respuesta, nadie pudo oírla. Carlos y Dani no hicieron ningún comentario sobre la confesión del Mono. Nunca mencionaron el enamoramiento de Jorge, aunque a Marga siempre le quedó un punto de duda sobre si las cosas no hubieran sucedido de otra manera si ella fuera otra. Durante mucho tiempo, la chica recordó el beso furtivo y febril que él depositó sobre sus labios cuarteados. Tal vez, Jorge había confundido su interés con otros sentimientos y había jugado el papel de héroe para estar a la altura de una princesa que jamás desencantaría con su beso al sapo del cuento.

—¿Qué vamos a hacer, Marga? —preguntó Carlos.

—Vosotros lo que queráis, yo voy a localizar a Alfonso Gránate.

—¿Se puede saber por qué rayos nos marginas en

esto? Estás actuando como si sólo fuera contigo, como si fuéramos imbéciles o tontos útiles. ¿Acaso nos has consultado?

Toda la rabia y el miedo de Dani pugnaban por salir de cualquier modo. La muerte de Jorge no era justa, pero tampoco la postura de Marga con ellos. Con él, que se sentía como un niño de párvulos frente al cadáver con aspecto heroico de Jorge en mitad de aquel basurero.

—Dani, ¿cuántas veces te has arrepentido de haber aceptado mi invitación para ayudar a Jorge?

—Unas cuantas, y por motivos que no son para contar ahora, pero el caso es que estoy, estamos, metidos en esto a partes iguales. Eso, me guste más o me guste menos, es lo único cierto, pero tú actúas como si quisieras ser la protagonista de la película, la chica lista y con agallas que se salta todos los miedos y actúa como la novia de Batman...

—Estoy asustada. Aún no me creo lo que acabo de ver. Pero no quiero meter en mis líos a nadie.

—No son tus líos. A ver si te vas enterando...

Aquellos dos podían acabar a bofetadas antes de echarse uno en brazos del otro. Carlos se sentía más desplazado de todo y de todos que nunca.

—¡Dejad de pelear como gallitos de una puta vez! —gritó.

Se volvieron para mirarlo: rojo como un tomate, impostado en el papel de alguien a punto de traspasar la barrera de la cordura.

—Está bien. Vamos a calmarnos todos. —A Marga le temblaba ligeramente la voz y las manos bailaban solas un rock—. He pensado...

—¡Ella siempre piensa!

—Dani, ¡cállate de una jodida vez! —Carlos sentía ganas de partirle la boca a su amigo.

—Por favor...

A Marga le resbaló una lágrima furtiva, Dani pegó una patada a una piedra inocente y Carlos abrazó a la chica, que se apretó contra él como si temiera ser levantada por un huracán. Lloró un buen rato y las lágrimas la calmaron, como a los niños pequeños, cobijada por el pecho de Carlos, el cual hubiera querido seguir así el resto de su vida. «Que lo paren todo, que me quedo.» Al final, los tres tenían los ojos irritados y la voz ronca de contener los gritos.

—Creo que deberíamos buscar ayuda de alguien que pueda contar esta barbaridad...

—Nosotros no sabemos lo que ha pasado —dijo Dani.

—No lo hemos visto, chaval, pero saber, lo sabemos casi tan bien como si hubiéramos sido testigos. Y esta vez no podemos quedarnos cruzados de brazos.

—Gracias, Charly. Por favor, vamos a mi casa, los tres —dijo tendiendo el brazo libre hacia Dani—, como los tres mosqueteros. Creo que sé quién puede ayudarnos.

Hicieron el trayecto desde la parada del autobús hasta la casa de Marga caminando. Hablaron poco. Les bastaba sentirse la piel. El contacto les calmaba un frío mucho más hondo que el de la tarde gris.

—¡Niña, pero...!

—Hola, Basi. No te preocupes, no pasa nada. Al menos a mí. ¿Está mamá?

—Pues sí, y más preocupada que nunca. Han llamado los padres de estos dos señoritos y tenéis montada una buena. Después de lo que pasó en el colegio andan todos...

—¡Hija!

Marga se tiró literalmente en brazos de su madre. No era tan fuerte como pretendía, y ahora tampoco jugaba a parecerlo. Carlos pensó que los padres, los de ellos, siempre eran el Séptimo de Caballería.

—Lo han matado, mamá, lo han matado...

Carmen acunaba a su hija como a un bebé de meses y miraba a los dos chicos haciéndoles preguntas con la mirada mientras Marga se calmaba.

—Bueno, antes de nada, llamad a vuestras casas. Si ha sucedido algo grave, será mejor que lo hablemos todos juntos. Preguntad a vuestros padres si pueden venir aquí.

En quince minutos, la casa de Carmen se llenó de padres angustiados que miraban a sus hijos y los abrazaban para constatar que estaban enteros y nada irreparable les había sucedido. No pudieron palpar el interior roto que los tres sentían crujir. Algunas heridas ni siquiera los padres pueden curarlas.

Todos rebosaban preguntas. Nadie lograba encontrar el modo de entenderse y los chicos se limitaban a mirarlos, incapaces de contar nada.

—Bueno, así no vamos a llegar a ninguna parte —dijo Rafael; tal vez porque su oficio era el de abogado, intentó poner un poco de lógica a tanta angustia acumulada—. Carlos, hijo, podrías empezar tú.

—Han matado a Jorge.

¡Así de fácil! Se necesitaban tan pocas palabras para contarlo que casi parecía vacío de contenido.

—¿Qué?

Todos los adultos se quedaron paralizados, mirando a sus hijos como si hubieran crecido en unas horas unos cuantos años y no lograran ubicarlos. Hablaban de un muerto, de un chico, con nombre y rostro, compañero del colegio, a quien le habían arrebatado la vida. ¿En qué extraño mundo habían aterrizado sus protegidos cachorros? Los habían defendido, desde su primer latido, encerrándolos en un jardín privado; y un día, sin aviso, un flautista los había arrastrado lejos y se los devolvía desconocidos y malheridos.

Tardaron rato, mucho, en lograr entender cuanto había pasado: el coche que los recogió, el Mono, Rambo, la visita al basurero... el cadáver de Jorge. Relataban un mundo desconocido en el cual tampoco los adultos conocían el guión. Un laberinto sin mapas.

—Tenemos que llamar a la policía —dijo Sandra con un escalofrío.

—Sí, pero antes tenemos que hacer algo por Jorge —repuso Marga.

—Claro, la familia. Hay que avisar a la familia —concluyó Sandra.

—Casi no tenía, mamá. Bueno, le quedaba su padre, que está en la cárcel.

—Es increíble, te pasas años protegiendo a tus hijos de las cosas que pueden dañarles la vida, intentas alejarlos de las drogas, del alcohol, del fracaso... —Sandra hablaba más para ella que para todos los presentes en el abarrotado salón de Carmen—. Y un buen día descubres que la vida es un riesgo viscoso, ya sabéis, como un líquido pegajoso que se cuela por debajo de la puerta y contra el cual no puedes hacer nada porque no estabas prevenida...

—Tal vez sea que no debemos «proteger» tanto a nuestros hijos, ¿no crees? —aseguró Carmen acercándose a Sandra.

—Ya, entonces ¿los dejamos solos como dejaron a Jorge? —preguntó Rafael.

—Supongo que habrá un término medio —intervino Juan, el padre de Dani.

—Bueno, mejor dejáis la discusión sobre qué hacer con nosotros y pasamos a ver qué hacemos por Jorge —casi ordenó Marga.

—Ya deberíamos haber llamado a la policía —terció Rafael.

—Mamá, seguro que tienes el teléfono de Alfonso Gránate, ya sabes, el periodista del *Universo*.

—Pues sí, pero...

—Vamos a llamarlo.

—¡Sólo nos faltaba publicidad en prensa! —exclamó Sandra.

—A nosotros no, pero Jorge va a necesitar que se hable de él si queremos llegar a quienes lo asesinaron —aseguró Marga.

—Estoy de acuerdo —dijo Carlos, mientras sus padres lo miraban como si fuera un extraño.

—Quizá tengáis razón —convino Carmen—. Yo lo llamo, hace años que lo conozco.

—Gracias, mamá —dijo Marga.

Ninguno de los presentes encontró argumentos para negarse a esa llamada. Suponían que como periodista, la madre de Marga dispondría de mejores recursos para la ocasión. Decenas de preguntas flotaban sobre la reunión. Cada uno repasaba sus viejas certidumbres, tan desgastadas en unas horas que naufragaban flotando en torno al cadáver de Jorge.

SE BUSCAN PRUEBAS

—Para empezar, necesitamos certezas y no sospechas.

Alfonso había llegado con un fotógrafo del periódico. Recordaba perfectamente el asalto de la banda de neonazis al colegio, él mismo había cubierto la noticia.

—Podemos ir a buscar al Mono —dijo Marga.

—Oye, niña, esto ya no es cosa de menores —aseguró su madre.

—El Mono sólo nos conoce a nosotros, con un extraño no abrirá la boca. Y te recuerdo que el muerto también era un «menor», al menos según las leyes.

—En eso tienes razón. No te preocupes, Carmen, irá bien protegida. Te lo juro.

—No seas payaso, Alfonso, que esto no es un juego.

—Ni tu hija una niña. Ni sus amigos tampoco.

Los padres de los aludidos se guardaron el espíritu protector y el deseo de evitar la intervención de sus hijos en semejante aventura.

—Es justo —dijo Rafael, y Carlos se sintió orgulloso de su padre—. Ellos se han visto envueltos en este asunto sin querer, pero ya forman parte del mismo. Y es cierto, ya no son unos niños, aunque nos cueste reconocerlo.

—¿Y si vamos con ellos? —propuso Juan.

—¡Papá, no seas rollo, hombre! —protestó Dani, a quien la idea de ser tratado como un adulto por el periodista le había infundido valor para volver al basurero.

—Venga, que hoy os convierto en reporteros de sucesos a todos.

Tal vez en ese momento Carlos decidió optar por el periodismo. Las decisiones que transforman la vida suelen iluminarse en apenas unos segundos. Entonces sólo fue consciente de no ser ya el niño a quien sus padres miraban como a un ser tan frágil como el cristal.

Subieron al coche de Alfonso Gránate. Un Patrol capaz de afrontar cualquier camino. Se sentían importantes, y tal sensación logró borrar parte de la angustia por la suerte de Jorge. Flotaban bajo los efectos de la adrenalina generada por la acción, que sirve para ignorar los riesgos porque existe algo más importante: cubrir la noticia.

—¿Sabes dónde quedan los billares de Floro? —preguntó Marga.

—¡Jo, niña, no sabía que conocías ciertos lugares!

—No los conozco, pero es allí donde encontraremos al Mono.

—Eso cae por el barrio de San Blas —aseguró el fotógrafo.

—Menos mal que llevamos un fotógrafo que se conoce esta ciudad en todos sus rincones, y cuanto más cutres más recorridos los tiene —aseguró Alfonso—. Por cierto, no os lo he presentado, se llama Javier Buyo y tiene un montón de premios en su currículum.

El reloj digital señalaba las diez de la noche. Iban a buscar las pruebas que, de alguna manera, hicieran justicia a Jorge. Le devolverían el minuto de gloria que salió a buscar para justificar su falta de futuro. En pocas semanas, habían mudado sus pieles infantiles. Les quedarían cicatrices y una secuela de pesadillas.

El billar de Floro ofrecía un aspecto siniestro. Se ubicaba en un callejón donde no entraban los coches, ni siquiera los municipales, a partir de ciertas horas. Unos cuantos chiquillos de la edad del Mono apuntalaban los muros del edificio con sus cuerpos desgarbados, fumando y apoyándose en litronas como si fueran biberones. Miraron al grupo de tres chicos y dos adultos con la misma extrañeza con que otearían a un grupo de extraterrestres, sin saber muy bien qué postura tomar frente a ellos.

—Tienen casi tanto canguelo como nosotros —susurró Carlos al oído de Marga.

—Nos relacionamos casi siempre desde la sospecha y el recelo. Menos mal que estás conmigo.

El chico sintió que la noche se llenaba de luces. Dani jamás podría competir con la vieja amistad que los unía, pasara lo que pasase, Carlos seguía siendo alguien importante en la vida de Marga.

Durante un segundo, Carlos conjugó el verbo amar sin palabras.

Dentro del local sus pulmones sufrieron la falta de ventilación, el humo condensado, la mezcla de olores irreconocibles e incluso la desesperación. Sus ojos tardaron unos minutos en acostumbrarse a la penumbra.

—¿Qué pasa?

—Hola, veníamos a buscarte —contestó Marga saludando al Mono, que llevaba una colilla en la boca y se acercó a ellos sintiéndose el personaje más importante del local.

—¿Puedes acompañarnos?

—Depende.

También él quería disfrutar su pequeño momento de gloria. Todos los ocupantes del local miraban con curiosidad la escena y hacían conjeturas sobre los «contactos» de aquel mocoso.

—¿Tienes precio? —preguntó Alfonso.

—Pué, pero no creo que tengas parné suficiente.

—Te necesitamos —dijo Marga.

Aquél fue el importe necesario para convencer al Mono.

—Mejor nos piramos, tíos —decidió el chico tirando la colilla al suelo en un gesto de matón casi profesional.

Y salieron del local sintiendo sobre ellos las miradas de todo el grupo de chicos, casi niños, que poblaban los billares de Floro durante las primeras horas de la noche. Subieron al Patrol.

—Primero vamos a ver el cadáver —dijo el fotógrafo—. Necesitamos unas cuantas fotos.

Actuaban sintiéndose figurantes en un escenario irreal. Cuando, tiempo después, intentaban recrear lo vivido, les costaba identificar las calles y las horas, como si formaran parte de una pesadilla. Deambulaban por algún lugar desconocido para ellos de Madrid. Aquélla no se identificaba con la ciudad que ellos habitaban; ni el fotógrafo ni el periodista parecían sentirse incómodos. Hasta el Mono se contagió de su seguridad. Aquel mundo lleno de peligros del que hablaban los periódicos y la tele, que sus padres trataban de alejar de sus vidas poniendo vallas y árboles, no parecía mortal para los viajeros de aquella noche, tan sólo diferente.

El Mono dio unas cuantas explicaciones sobre la ubicación del basurero, suficientes para el fotógrafo, que cabeceó diciendo «vale», y tomando el control del volante. Tardaron media hora en llegar.

—¿Y si no está el cadáver? —preguntó Marga.

—No creo que lo afanase naide —aseguró el Mono, con las manos en los bolsillos rotos del pantalón y aparentando el aplomo de un veterano.

—¿Tú sabes quién lo trajo aquí? —preguntó Alfonso.

De momento no hubo respuestas y continuaron el descenso por la ladera del basurero, aún más tenebroso a la luz de las linternas. Un grito de Marga hizo que todas las linternas la enfocaran.

—Lo siento. He notado cómo una rata me subía por las piernas.

—No me extraña, han olido carne fresca...

—¡Coño, Javier, no seas bestia, que no estamos en un frente de curtidos combatientes! —gruñó Alfonso.

—Lo siento, chica, pero muchas veces, sólo un poco de humor negro puede quitarte el miedo.

Carlos le dio la mano a Marga y sintió sobre la nuca una mirada de odio de Dani. No importaba, no había llegado el tiempo de algunas decisiones.

Continuaron bajando, con el Mono al frente de la comitiva, quien se paró justo donde Jorge continuaba cubierto por la loneta de plástico. Los tres chicos miraron esperando que todo hubiera sido un equívoco y aquel bulto tan sólo los restos de una lavadora. No fue así. El rostro de Jorge, más pálido a la luz de las linternas, y su cuerpo, quieto y sin quejas, los aguardaba. Para Jorge ya no habría más sensaciones.

Periodista y fotógrafo actuaron con la pericia de un oficio ejercido durante muchos años. Colocaron focos extraídos de sus mochilas, montándolos y disponiéndolos como en un estudio improvisado al aire libre. En diez minutos, el chico estaba preparado para ser fotografiado desde todos los ángulos. Fue entonces cuando vieron las heridas de arma blanca en su pecho; también los restos del vendaje que Marga había puesto sobre su hombro.

—Jorge —musitó Marga temblando sin control.

Sus piernas se doblaban, y se habría derrumbado sobre el cadáver de no haber tropezado con los brazos de Dani.

Cuando Javier consideró suficiente el número de fotos, recogieron los instrumentos y repitieron el camino de vuelta. Nadie abrió la boca hasta encontrar de nuevo calles asfaltadas y una ciudad medianamente reconocida. Llegaban a otra capa de la cebolla.

—Tenemos que hablar, Mono —dijo Alfonso—, así que nos vamos a tomar algo y nos cuentas.

Los tres amigos creyeron que el chico se negaría, pero la presencia de personas tan importantes, e incluso el deseo de un momento de gloria como testigo, lo incitaron a envalentonarse y colaborar.

—¿Os llevamos a casa? —preguntó Alfonso dirigiéndose a los tres amigos.

—No. Es justo que nosotros también sepamos, ¿no crees? —dijo Carlos, debatiéndose entre el dolor de volver a ver el cuerpo inmóvil de Jorge y la rabia de que Marga y Dani no se hubieran separado desde aquel abrazo en el basurero.

—Tienes razón, chaval. Javier, vamos a un lugar tranquilo.

—Conozco uno.

Al menos no resultó tan agobiante como el billar Floro. Carlos se dio que cuenta de que andaban ya por el barrio de Conde Duque. Estacionaron el Patrol en la plaza de las Comendadoras y entraron en un cafetón con toda la pinta de estar a punto de cerrar. Javier conocía al dueño y le pidió unos minutos más, unos refrescos y café para los dos reporteros. El fotógrafo actuaba como invitado en todos los lugares.

—Bueno, chico, tenemos las fotos, los antecedentes y las sospechas. Nos falta un testigo. —Alfonso, con los brazos apoyados en la mesa, miraba al Mono como si fuera el único habitante de aquel lugar.

—¿Por qué yo?

—Porque conocías el lugar en que estaba el cadáver. Mira, voy a echarte un cable: imagino que seguiste a Jorge cuando fue al encuentro de esos bárbaros, y buscaste un buen lugar desde el que poder espiar qué pasaba. Lo viste todo, por suerte sin ser visto, y te has convertido en la mejor baza para empapelar a esos bestias.

—O pa que me rajen a mí.

—No si cuentas con protección.

—Ah, no, el menda no se va a ningún reformatorio.

—Tú no has cometido ningún delito, que yo sepa...

El chico no se atrevería a jurar que así era. Ahora parecía haber vuelto a la realidad, ya no formaba parte de una película importante, estaban en la calle y su integridad peligraba si añadía más problemas a su vida.

—A mí la bofia no me mola nada, tío.

—A mí tampoco —aseguró Javier.

—Pos eso.

—Lo malo, Mono, es que esos bárbaros acabarán atando cabos y será peor que te localicen ellos. Por una vez sé más listo que ellos, utiliza las leyes como defensa.

—¿Cómo?

—Para empezar, yo respondo de ti, y mientras dure todo esto, yo me ocuparé de que estés en un lugar mejor que ningún «reformatorio»...

—Incluso podrás ducharte —dijo Javier, y el chico tembló ante la idea de imaginar agua sobre su cuerpo—. Y comer todo lo que quieras...

—No me fío. A mí lo de abucanar no...

—¿Lo de qué? —preguntó Marga.

—Abucanar —dijo con firmeza el Mono.

—Chivarse, Marga —aclaró Alfonso.

—Eso —dijo el chico.

—Hombre, yo entiendo que seas legal con los tuyos, pero no debes lealtad al grupo que se cargó a Jorge. —Alfonso lo miró para acentuar el efecto de sus palabras—. No creo que sean de los tuyos.

—No —murmuró el chico.

—Pues por eso mismo.

Aún dudó un rato. Se rascaba la cabeza como si pudiera encontrar entre su pelo largo y sucio la respuesta más adecuada. Carlos lo miró por primera vez como lo que era: un niño solo en mitad de un mundo duro con reglas bien definidas e imposibles de saltar si no quería hacer su vida más breve.

—Tampoco quiero a ninguna de las asistentas sociales metidas en esto.

Dejaba a salvo su dignidad imponiendo leves condiciones: contaría lo que había visto si se lo facilitaban un poco. Daría los nombres de quienes habían terminado con la vida de Jorge, aunque el peor, todos lo conocían de antemano: Ignacio.

—Fue la banda del «Lanzas» —aseguró como si hubiera destapado un secreto.

—¿Quién es ése? —preguntó Carlos.

—Un tío bastante listo, demasiado para estar metido en esto. Es vecino vuestro —dijo Alfonso mirando a los tres amigos.

—¿Vecino?

—En realidad se llama Narciso Pita Domínguez.

—¡El hermano de Ana! —gritó Dani.

—Vaya, la que te miraba los calcetines blancos. ¡Joder, chaval, qué bien buscas tus ligues! —Carlos pudo comprobar el gesto de Marga separándose de Dani como si le hubieran soltado una descarga eléctrica, al tiempo que el chico guapo del colegio enrojecía.

—También estaba «el Buitre» —dijo el Mono.

—Otro vecino. Chicos, los teníais en casa —dijo Alfonso—. Se trata de Ignacio Andrade.

—¡El que entró en el colegio! —casi gritó Marga—. Lo sabía, sabía que irían a por él.

—En realidad fue Jorge a por ellos —continuó el Mono—. Los fue a buscar al garaje donde se ajuntan. Se lo avisé, que la cosa no era pa meter las narices, pero andaba como lelo desde que lo llevaron al colegio...

—¿Cómo sabes quiénes son? —preguntó Carlos

mirando a Alfonso. No quería que el Mono continuara el discurso por aquellos derroteros.

—Llevo años trabajando, buscando documentación sobre las bandas de neonazis que circulan por la ciudad.

—Un experto en fachas, el hombre —dijo Javier.

—Como tú. No os podéis hacer una idea de las ganas que tenía de encontrar algo concreto contra ellos. ¡Mono, eres lo más grande!

A partir de ese momento, vivieron en una bola de nieve que creció durante días hasta casi ahogarlos para ir derritiéndose al sol de otras noticias, al sol de otras necesidades, como si la memoria de Jorge se fuera diluyendo, borrando despacito de sus vidas.

DE NUEVO
EN LA TARDE DE LIMPIEZA...

TODO SIGUE IGUAL, O CASI

Las sombras del recuerdo inundaban el cuarto de Carlos con presencias lejanas pero dibujadas con una precisión casi palpable. El pasado había extendido sus alas de mariposa muerta sobre el aire y un peso de plomo llenaba la cabeza y los pulmones del chico.

—Hombre, la vieja chica de tus sueños vuelve de nuevo a la vida.

El póster de Pfeiffer, descolorido y arrugado, parecía contemplarlo todo desde algún lugar distante.

—Jo, Bea, menudo susto. ¿Por qué no intentas llamar antes de presentarte?

—Llevo un buen rato siendo educada y aporreando la puerta de mi desaparecido hermano. ¿Continúas en tarea de limpieza?

—Ya ves.

Bea, casi diecisiete años, se había convertido en una buena amiga de su hermano desde aquel curso y ahora parecía preocupada por él. Se sentó en el suelo, junto a Carlos.

—¿Es ése el cartel de Jorge? —preguntó señalando aquel pintado para las Jornadas del Colegio.

—Parece mentira, ¿verdad?

—Ya, es que el pasado siempre tiene pinta de haber sido un sueño que han vivido otros.

Carlos sonrió mirando a Bea. Eran demasiado jóvenes para tener un pasado, pero, a veces, la vida se da mucha prisa por labrar cicatrices. Ellos se sabían más afortunados que otros, como Jorge, otros que al nacer ya cargan sobre sus espaldas el peso de un tiempo no vivido pero heredado como una pesada cadena.

—¿Conseguiste olvidar todo aquello? —preguntó Bea.

—En algunos momentos he creído que sí, pero es como una vieja operación: lo que extirparon no volvió al lugar de siempre y la cicatriz, a veces, duele.

No se atrevió a contarle la pesadilla: aquel mar de plata vieja donde se hundía sin remedio mientras algunos rostros huían.

—Yo, al principio, estaba convencida de que se haría justicia, de que irían todos a la cárcel para el resto de sus vidas. Y ya ves, al final sólo pudieron empapelar a Ignacio, el más bruto de todos. El otro, nuestro vecinito, se salvó por los pelos, y supongo que por las influencias de su familia.

—Sigue vistiendo uniforme. Y compartimos jardines, aceras y hasta guardias de seguridad.

—Ya lo dijo Alfonso, «la guerra será larga...».

—«Pero la perderán» —terminó la frase Carlos.

—A veces lo dudo. —Bea se quedó mirando a un punto indefinido del cuarto. Carlos pensó que su hermana había cambiado mucho desde aquellos remotos días—. Tengo la impresión de que apenas podemos hacer nada.

—Salvo resistir, hermanita.

—¿Por eso estudias Periodismo?

—No lo sé. ¿Sabes?, en aquellos días tenía la impresión de ser un marciano, me enteraba menos de lo que me rodeaba que las ardillas de nuestros árboles. Tal vez quise parecerme a Javier o a Alfonso.

De nuevo el silencio. Carlos miraba a Bea: desde entonces, había perdido parte de aquel entusiasmo que la llevaba a apuntarse a todas las historias como si fueran la última fiesta. Curiosamente, la persona más afectada había sido ella, la que pareció haberlo vivido en la misma orilla conocida de la que se había sentido desplazado Carlos. Uno nunca sabe a quién va dirigido el aleteo de la mariposa.

—Al menos algo bueno salió de todo aquello, Bea.

—¿Ah, sí?

—¿Te acuerdas del Mono?

—El gran testigo del juicio. ¿Qué pasó con él?

—Alfonso se empeñó en llevarlo a su casa. Convenció a la policía, a los asistentes sociales... Ese tío es capaz de convencer a Tarzán de que es *Chita*. Al principio fue una solución temporal, ya sabes, como medida de protección. Nadie se imaginó que un solterón como él acabaría deseando hacerse cargo de un chico de nueve años.

—¿Tenía nueve años?

—Más o menos, porque no existía ninguna documentación a la vista. El caso es que ese par de anárquicos acabó por tomarse cariño y Alfonso solicitó la adopción.

—¿Y se la dieron?

—La semana pasada estuve con él y se sentía feliz porque, después de cuatro años a vueltas con el papeleo, lo había conseguido.

—¡Ya han pasado cuatro años! ¿No te parece increíble?

—Sí.

De nuevo guardaron silencio. Carlos pensó en Jorge, en el Jorge que fue héroe de algunas semanas en los medios de comunicación para diluirse, con los días, en el largo surco de cloacas escondidas bajo las limpias aceras. Él mismo creía haberlo olvidado, pero formaba parte de sus propias costillas, incrustado en su memoria y en su vida.

La vida había cambiado para todos, para los amigos que aquel curso se juraban enamorados de Pfeiffer y alquilaban todas sus viejas películas hasta sabérselas de memoria. Jorge había muerto con el sabor dulce de un beso de Marga, incluso puede que feliz y soñando con una historia de amor imposible. La historia imposible fue la de Dani. Marga y él salieron alguna vez juntos, pero no terminaron de encontrar un punto que los uniera. Ni siquiera consiguieron ser amigos. De vez en cuando se veían los tres e intentaban recuperar parte de los sentimientos que los habían unido aquellas semanas, pero no resultaba y, poco a poco, Dani volvió a ser el chico de antes.

—¿No echas de menos a Dani? —preguntó Bea.

—A veces, enana, creo que me lees los pensamientos. ¿No serás una bruja disfrazada?

—Es posible, así que ten cuidado. No, lo pregunto porque él también fue una pieza de aquel rompecabezas y ahora está «missing» total.

—Bueno, Dani era un espectador de primera fila. No se llegó a manchar las manos, así que volvió a ser el pijolindo de siempre sin mayores problemas.

—¿Celos?

Carlos sonrió, dio una palmada a su hermana y respiró hondo. ¿Aún sentía aquellos celos que dolían como fuego en las entrañas?

—En aquellos días, tu pregunta habría dado en la diana. Éramos demasiado jóvenes....

—¡Carcamal!

—Vale, suena raro, pues digamos que cuando eres un crío, eso de tener un amigo que es el guapo oficial y que se las lleva de calle por el morro, es muy chungo.

—Sobre todo si se lleva de calle a Marga.

—Sobre todo.

—¿Y ahora?

Carlos y Marga se convirtieron en esos amigos que, con los años, terminan por ser un puerto cálido al cual recurrir en días de tormenta. Podían estar separados, hacer vidas casi opuestas, pero los dos conocían el camino de regreso al otro.

—Ahora, hermanita, es sólo que la vida nos va cambiando y no todos lo hacemos en la misma dirección. Dani será siempre un chico guapo que huye de los problemas.

—Y tú has elegido una profesión que te meterá en ellos.

—Más o menos. Los amigos son una cosa rara y muy pocos lo son para toda la vida.

Eso también lo descubrieron en aquel curso: existían cosas que funcionaban por pura costumbre y otras que se elegían con dolor, como si rasgaras una parte de la piel y la dejaras en el camino.

—Ni siquiera el amor por la Pfeiffer —dijo Bea.

Soltaron una carcajada. Carlos recogió el póster, le limpió el polvo con la palma de la mano y besó la boca de papel en un gesto de divertida despedida.

—Sin embargo, Bea, aquel curso, tan duro, tan horrible, fue el año en que me enamoré.

No dijo el nombre y Bea guardó silencio. Marga estaría para siempre guardada en un rincón del corazón adolescente de su hermano. En el mejor rincón.

—¿Qué tal si me invitas al cine, Charly?

—Siempre abusando.

—Reponen una de Pfeiffer.

—Nada, todo sea por la princesa.

El cartel de Jorge, cuidadosamente guardado, regresó al pasado, a los sueños, al jardín donde Alicia perseguía los pasos de un conejo con prisas y la Reina de Corazones amenazaba con cortar alguna cabeza. Ella, la hermosa Pfeiffer, volvería al olvido de una papelera y ellos seguirían viviendo sin entender muchas veces el guión de los acontecimientos, descubriendo olores agradables o violentos en esa vida que nunca sería una fotografía.

Lo recordó como si las palabras llegaran en la voz de Mariano: «La vida es un pespunte. Somos incapaces de ver la puntada anterior y la siguiente porque hay un vacío entre ambas».

—Un vacío —murmuró.

La vida era una tarde de otoño en que se mezclan las nubes con los rayos del sol; algo parecido a un parque del cual conoces los primeros lugares, pero luego caminas descubriendo rincones que te asaltan sin aviso.

Además, en el cine reponían una de Pfeiffer.

ÍNDICE

Si te ha gustado el libro, no te pierdas

Me gustan y asustan tus ojos de gata

Nautilus
A partir de 12 años

El diario secreto de Adrian Mole
Sue Townsend

¿Quién cuenta las estrellas?
Lois Lowry

El curso en que me enamoré de ti
Blanca Álvarez

Caminar sobre hielo
Manuel Valls / Norberto Delisio

Me gustan y asustan tus ojos de gata
José María Plaza

Benny y Omar
Eoin Colfer

Benny y Babe
Eoin Colfer

Laila
Laila Karrouch

El tapiz de Bayeux
Fernando Martínez Laínez

La reina de los piratas
Miguel M.ª Astrain

Endrina y el secreto del peregrino
Concha López Narváez